借一把春风越过冷的山

张超凡 著

時代文藝出版社
SHIDAI WENYI CHUBANSHE

图书在版编目（CIP）数据

借一把春风越过冷的山 / 张超凡著. -- 长春：时代文艺出版社, 2025. 8. -- ISBN 978-7-5387-7776-5

Ⅰ. I267

中国国家版本馆CIP数据核字第20258AL187号

借一把春风越过冷的山

JIE YI BA CHUNFENG YUEGUO LENG DE SHAN

张超凡　著

出 品 人：吴　刚
产品总监：郝秋月
责任编辑：刘　兮　王　琦
封面设计：金　泉
排版制作：陈　阳

出版发行：时代文艺出版社
地　　址：长春市福祉大路5788号　龙腾国际大厦A座15层（130118）
电　　话：0431-81629751（总编办）　0431-81629758（营销部）
官方微博：weibo.com/tlapress
开　　本：880mm × 1230mm　1/32
印　　张：9
字　　数：194千字
印　　刷：吉林省吉广国际广告股份有限公司
版　　次：2025年8月第1版
印　　次：2025年8月第1次印刷
书　　号：ISBN 978-7-5387-7776-5
定　　价：59.00元

清晨，金色的阳光如丝如缕，透过教室那明亮的窗户，轻柔地洒落在墨绿色的黑板上。微风轻轻拂过，撩动着淡蓝色的窗帘，像是在为即将开始的心理聚焦课演奏着特别的前奏。

老师迈着优雅的步伐走上讲台，目光中充满了温暖与力量。她拿起白色的粉笔，五个刚劲有力又不失飘逸的粉笔字如精灵般跃然于黑板之上——“挫折 也精彩”。

教室里，一群可爱的六年级小同学整齐地坐在课桌前，他们的脸上洋溢着纯真的笑容，眼里满是对新知识的好奇与渴望。

听到老师的指令后，大家纷纷伸出小手，将手中的教材《家乡》翻到第 38 页。纸张翻动的沙沙声，如同打开了时光的宝盒，讲述起旧日的故事。此刻，阳光正好，微风不躁，而故事的主人公，叫作张超凡……

前言

Preface

我出生在1992年3月的料峭春寒里，命运在我左臂留下的印记，像未完全舒展的芽，却从未封印我那颗向往飞翔的心。

三十多年来，我总在和世界对话：残缺不是人生的注脚，奋斗才是。那些挑战与突破都在印证——有梦想谁都了不起，有勇气就会有奇迹。

常有人说我的故事像一束光，可我提笔时才懂，这光芒里满是万家灯火的温度：是家人把“翅膀断了心也要飞”缝进我衣角的暖，是时代为追光者搭起长阶的托举。我不过是千万奋进者中那个带着点倔强的普通人，恰好接住了时代递来的火炬。

残疾人事业是“春天的事业”。在时代的春风中可以无惧霜雪，向阳而生；敢于有梦，勇于追梦，勤于圆梦，就会在追光逐梦的路上绽放独特光彩，活成自己骄傲的模样——这，便是这个时代给我的底气与勇气。

于是，这一本新书，我想以一个普通人的视角从零写起，梳理生活的纹路，记下平凡日子的温情，留住困境中坚守的初心。

值得一提的是，书中呈现了三代人的拼搏与奋斗：祖辈们在艰难岁月里的默默坚守，父辈们在时代浪潮中的奋力前行，以及我们这一代在新时代的勇敢追梦。三代人以各自的姿态，在岁月洪流中写就“爱”的注脚。

更有幸的是，奔涌的新质生产力为我与“杭州六小龙”之一的强脑科技织就了缘分，当我戴上凝聚中国科研力量的智能仿生手，终于能以“双手”重新拥抱生活、传递希望、绘制未来时，这段特殊的经历，与三代人奋斗的轨迹相互交织，更增添了科技向善所带来的融融暖意。

我想带你们走进春天的原野，去认识那些“缺少一些小零件”的好朋友们——看他们如何带着生命的倔强，挑战生活抛来的一道道难题。每一颗种子都有自己独特的破土方式，不要让所谓的“不完美”定义了你。你的坚韧，正让这个世界变得更加美好。

当然，在书里我还藏了许多细碎的伏笔，像散落在字里行间的拼图，等着你来一一拾起，拼凑出属于时光的惊喜。

翻开这本承载着青春与梦想的书，我们就是好朋友了，幸福与力量正在悄悄加载，每一个故事都值得期盼。人生没有白走的路，每一步都算数。

童年时，独臂的残缺曾像一把锁，将我困在黑暗里。是家人的爱让我明白：哪怕翅膀断了，心也要飞。如今多想邀请你，与我一同走进时光深处，走进吉林长春。

我们可以一起去看长春纺织厂宿舍的红砖房，那模样像极了《人世间》里的场景，藏着邻里间的笑语，也藏着我的成长轨迹；54路有轨电车驶过的落叶道，南岭体育场的冰场，浸透着吉林冰雪的坚韧与浪漫……这些回忆被我写进了书里，愿你能触摸到我童年的笑与泪，更能读懂：哪怕生在寒冬，爱与勇气也能种出春天。

求学路上，我和万千学子一样，曾在题海与困惑里跌跌撞撞。直到走进吉林大学附属中学首届五四实验班，命运的齿轮开始转动。“感恩、宽容、竞争、超越”这八个字，像初春的细雨落在心田，悄悄滋养着追梦的灵魂。翻到这一页，愿你和我一起，回到那段滚烫的吉大附中时光。

后来，“红楼高，绿树抱，沃土育芳草”的校歌一响起，专属于长春市十一高中的记忆便涌上心头。今年恰逢母校八十岁生日，我写下《在十一高，遇见更好的自己》，想让这篇文章坐上时光的邮车，把我藏在心底的感恩、眷恋，还有沉甸甸的祝福，轻轻放在她的窗前。这里让我明白：成长不是独行，每个脚印旁，都有托举的力量。

青年时期，倔强的我们都有着去探索世界的梦想，我也不例外。带着满腔的热血与憧憬，我毅然踏上了创业的征程。十年间，荆棘遍布，挑战重重，有曲折的坎坷，有荣耀的勋章，有错失的遗憾，也有命运悄悄递来的偏爱——它们交织成一条蜿蜒向前的路，而那些曾以为熬不过去的绝境，回头看，竟是破茧成蝶的关口。

就像我在山区支教时，抬头望见的漫天星光，始终在我心底亮着。它们不说话，却清清楚楚地告诉我：青春该是怎样的模样，又该为怎样的热爱而滚烫。

百战归来再读书。我一边在创业的风雨里扎稳脚跟，一边拾掇书本备战考研申博。循着先生北上的足迹，我走进了吉林大学的校园，有幸在此遇良师、承教诲。通过这本书，我想把这些浸着时代温度的求学心得讲给你听——带你走进“大先生”们的课堂与生活，去感受教育家精神那穿越时光的厚重与力量。

最后，我特别想带你走进长春理工大学——这所与我双向奔赴、已刻进我生命的学府。

它“因光而生”，每一寸角落都浸透着王大珩院士“科技报国”的赤诚，也默默承载着时代对青年的殷殷期许。在这里，我们一同创新打造了“追光讲坛”这一“大思政课”品牌项目，看着00后追光宣讲团的孩子们眼里有光、脚下有力地讲述青春故事时，我总忍不住心头温热，深深为自己能以思政教师的身份扎根于此而感到幸福。他们的故事，何尝不是我们这代人的模样？在时代的聚光灯下，把个人的梦想深深扎进祖国的土壤，带着光，向前闯。

亲爱的读者朋友们，我就是个在时光里摸爬滚打，一步步慢慢成长起来的90后女孩。我不是超人，只是一直在努力做到“超凡”。

感恩时代，让“不一样”的我们都有舞台，让平凡的奋斗都能被看见。我们都是追梦人，带着各自的故事汇入时代洪流，像水滴融进大海，却也折射出自己的光。

所以我用心写下这本书，多想让它成为你案头的暖光、枕边的伙伴。当生活让你觉得难了、累了，不妨翻开它——或是看看封面上我蓝色 T 恤上的那颗小红心，那是超凡悄悄递给你的爱与勇气。

其实我们都一样，谁的人生不曾与几座“冷山”相遇？那些或陡或缓的坡，那些或深或浅的寒，都是路上绕不开的风景。

请一定相信：只要我们手挽春风，心怀热爱，一步一步往上走，沿途的星光会悄悄缀成引路的小星球，照亮前行的路，陪我们穿过迷雾、越过寒凉。而山那边的海，正漫着粼粼波光，等你带着一路攒下的星光奔赴过去，与它撞个满怀，热烈相拥。

張超凡

2025 年 7 月

10

目录

Contents

第二辑　青春做伴，何惧霜雪

第三辑　追光的人，也将成为光

第一辑

命运的笔，从荆棘画起

人生如逆旅，你我皆行人。在时光长河的奔腾呼啸里，每个人都怀揣着独特的故事。当我呱呱坠地，命运的画笔为我勾勒出一条布满荆棘的道路时，我便踏上了一场与自我、与世界对话的征程。

在这一辑中，请你与我一同回溯18岁之前的那些喜怒哀乐。我也曾在黑暗中独自徘徊，是家人温暖的怀抱、师长鼓励的目光、朋友真挚的陪伴，让我寻得前行的力量。是他们教会我：“再坚持最后一分钟，你就有可能成为更好的自己。尽管命运不公，但只要你不认命，命就会认你！”

老长纺中，那个“7号楼的怪女孩”

每个人都有自己独一无二的童年，我的童年就像一部充满波折却又饱含温暖的成长纪录片，每一帧都深深烙印在我的心底。

1992年3月，北国春城长春已渐渐褪去冬日的寒意，残雪消融，伊通河缓缓解开漫长的封冻，嫩黄的迎春花沿着河岸绽放，宣告着春天的来临。在电视剧《人世间》的取景地——吉林省长春市的绿园区纺织厂宿舍，人称“老长纺”的地方，我呱呱坠地，这里，便是我人生的起点。

在我出生的那个夜晚，我显得格外“与众不同”。在我之前出生的婴儿，无一例外都是小男孩，更“与众不同”的是，我天生缺失左小手臂。

在20世纪90年代，医学虽说不上非常发达，但常规的产检对于胎儿是否存在明显残疾，还是具备一定检测能力的。可命运似乎和我们家开了个无情的玩笑，我的这个情况，在几次产检中都未被发现。我出生后，当医生将残酷的事实告知我的家人时，他们的震惊与痛苦可想而知。

那时，周围的声音此起彼伏。有人叹息，这孩子太可怜，以后独自生活可怎么办；也有人劝我奶，趁着我妈还年轻，可以恢复恢复再要一个，毕竟有残障孩子的家庭生二胎符合规定；甚至有人说出狠心的话，说不如把我扔到垃圾站，一个残疾的小丫头，以后麻烦事太多……

就在大家众说纷纭之时，奶奶挺身而出，坚定地说道："既然生下来了，就是我们老张家的孩子，无论如何我们也得把她供出来。"奶奶的这句话，给予了我新的生命的希望。

没错，她是这样说的，她后半辈子也是这样做的。

那时候，妈妈刚刚经历生产的疲惫，还沉浸在初为人母的喜悦与懵懂之中。奶奶不忍心让残酷的现实过早地打破妈妈心中那份美好，担心她会伤心过度，影响产后恢复，于是叮嘱全家人要暂时瞒着妈妈，把守住秘密当作守护妈妈此刻幸福的屏障。

那段日子，每天清晨，奶奶都会早早地起床，用柔软的小毯子小心翼翼地将我裹好，而后，抱着我走到妈妈身边，将我轻轻递到妈妈怀里，让我能顺利吃到母乳。在这个过程中，奶奶始终留意着妈妈的一举一动，生怕有一丝破绽会让她察觉到异样。

日子就这样一天天过去，然而，命运的转折总是在不经意间降临。那是一个寻常的午后，温暖的阳光慵懒地洒在屋内，妈妈突然说要给我换尿布。奶奶当时正在厨房忙碌，还没等她赶到房间，妈妈已经轻轻地打开了我的襁褓……奶奶说，妈妈当时的哭声，就像一头野兽的哀鸣。而我的爸爸，常常独自一人坐在昏暗的角落，眉头紧锁。他们无数次地埋怨自己，没能给我一个健全的身体。

尽管痛苦如一张无形的大网，将家中每一个人都紧紧束缚，但爸爸仍怀着对我最深切的期望，给我取名“超凡”：他希望我能超凡脱俗，活得精彩。

总有人以为我出生在富裕家庭，是个富二代，可事实上，我们家不过是普普通通的纺织工人家庭。那时爷爷奶奶、爸爸妈妈都在纺织厂当纺纱工人，每天在机器的轰鸣声里辛苦干活。爷爷为了多挣点钱贴补家用，还兼职做大客车司机，天天早出晚归。

可即使是这样的家庭条件，爸爸仍去网吧上网查询安装假肢需要多少钱，一心想把最好的给我。可当他查到在美国安装一个能活动的智能假肢竟然要七十万元人民币时，感觉就像被一记重锤狠狠砸中脑袋——当时爸爸一个月也就开五十块钱。要知道，在那个时候，谁家要是有一万元存款，都能被叫作“万元户”，七十万这个数字，简直就像一座高不可攀的大山。

他知道，以家里的经济状况，想要凑齐这笔钱，简直比登天还难。想到我未来可能因为身体的残缺而遭受种种苦难，爸爸一咬牙，决然告别了国营单位的“铁饭碗”，一头扎进了商海。他要想尽一切办法，让我能像其他孩子一样，拥有平等追求梦想的机会。

万事开头难，他选了开出租车作为事业起步。为了多赚点钱，爸爸开启了“疯狂模式”，白班连着晚班，恨不得把一天掰成两天用。每天从车上下来，整个人就像散了架似的，腰酸背痛得厉害，可他咬牙坚持着，一天都没懈怠过。

后来爸爸好不容易攒了点钱，算是不用租车了，买了台“长剑”当出租车。可这钱一花，兜里就彻底见底了，连修车钱都凑不出来。到了寒冬腊月，车就故障不断，没办法，爸爸只能自己往车底下钻。那车不仅破得四处漏风，连手刹都没有，爸爸平时就在座位底下备上一大堆砖头。坡路起车的时候，要是起不来，要用砖头垫着车轮，才能勉强把车发动起来。

有一次，爸爸一边跟我回忆，一边自我调侃：“冬天冷得我皮裤套棉裤，那车更是三天两头出毛病。一台车大修修了三回，小修的次数多得数都数不过来。你猜怎么着？最后我硬生生把自己练成了专业修理工！”听着是玩笑话，而这背后的辛酸与创业的艰难，只有他自己最清楚。

在那些忙碌的日子里，爸爸把全部精力都投入到了工作中，就像上紧了发条的时钟。我常常望着窗外出神，盼着那辆熟悉的出租车早点出现在街角。

我的童年是在纺织厂宿舍度过的。那一排排略显陈旧的红砖楼，楼与楼之间的距离并不宽敞，狭窄的通道旁，生长着几棵枝繁叶茂的老槐树。每当微风拂过，槐树叶沙沙作响，仿佛在诉说着过去的故事。

我家住在红砖楼 7 号楼的一楼。小时候，因为身体有残疾，我特别孤单，性格也很自闭。那时候，我甚至连照镜子的勇气都没有，一看到镜子里自己左右不对称的模样，心里就特别难受。

我常常控制不住自己的情绪，动不动就发脾气，所以邻居们背地里都叫我“7号楼的怪女孩”。

为了能让我感受到和小伙伴玩耍的快乐，妈妈花费了不少心思。有一次，她精心挑选了许多可爱的玩具，色彩鲜艳的儿童版烹饪厨具、漂亮的芭比娃娃和各种换装的衣服，满满地堆放在客厅的一角；她还买来了我最爱吃的零食摆放在茶几上，有香甜的大白兔奶糖、酥脆的饼干。随后，妈妈热情地邀请7号楼的小朋友们到家里来，希望大家能陪我一起玩“过家家”。

小朋友们来了之后，起初还带着些好奇和兴奋，围在玩具旁叽叽喳喳地讨论。可我却因为内心深处的自卑和长久的孤僻，根本不知道该如何与他们相处。面对大家的热情，我只是沉默地坐在一旁，眼神闪躲。

这时，一个活泼的小男孩注意到了我，他是7号楼的“孩子王”，总喜欢拿家里的拂尘当道具装道长。或许是想让我也融入大家，他伸手拉住了我的空袖子，脸上洋溢着笑容，说道：“快来一起玩呀！”被拉住空袖子的那一瞬间，我的身体像触电般僵住了，一种难以言喻的羞耻感和愤怒涌上心头。我一直努力隐藏自己缺失手臂的事实，不想被人关注，而他这一拉，将我最不想面对的缺陷赤裸裸地暴露在众人面前。

“别碰我！”我用力地甩开他的手，声音里带着明显的哭腔和倔强。小朋友们被我的举动吓了一跳，都愣住了。

接着，我又冲他们喊道：“你们都走开，我不跟你们玩了！”我的心中满是抵触和防备，像只受伤后竖起满身尖刺的刺猬。

原本热闹的氛围变得有些尴尬。小朋友们面面相觑，脸上的笑容渐渐消失。尽管妈妈在一旁不停地劝说、引导，可我就是无法控制自己的情绪和行为。还没玩上十五分钟，小朋友们就被我这孤僻又倔强的脾气给撵走了。我独自坐在堆满玩具和零食的客厅里，看着小朋友们离开的背影，孤独感如潮水般将我淹没，心里既难过又自责。其实我不想跟他们吼的，可我控制不住自己的脾气，这一闹，我在老长纺是没朋友了。

终于，那压抑得让人喘不过气的氛围，让我再也忍受不了了。我猛地起身，哭着跑到爷爷精心打理、种满花的花坛边，蹲了下来。

不经意间，我瞧见花坛边的小草，它们在上周还只是刚冒头的嫩芽，如今已长高了不少。细长的叶片在微风中轻轻摇曳，尽管身形纤细、柔弱，却努力挺直腰杆，拼尽全力生长。我痴痴地盯着这些小草，看着看着，脑海中突然冒出一个念头：小草到了春天会长高，我的左臂会不会到了春天也能神奇地长长呢？

这个想法，在旁人看来或许荒诞不经，可却是我童年内心深处最炽热、最殷切的期盼。

这时，发现我跑出家门的奶奶追了出来。她弯下腰，目光温柔地看着小草，轻声说道：“张宝，你看这小草，个儿小，长在旮旯里，可不管风咋吹、雨咋打，年年春天都冒出来，使劲往上长。它没嫌自己没花儿好看就不活了。人也得这样，不管遇到啥难处，别人喜不喜欢你，咱都得抬头挺胸，活出个样儿来。”

奶奶的话，就像一道光，瞬间穿透我心里那层厚厚的阴霾。

我望着小草，它们在微风中轻轻摆动，似乎在向我点头，传递着一种无声的力量。

夕阳的余晖慢慢铺满花坛，给每一株小草、每一朵花儿都镀上了一层暖融融的橘色，整个世界都变得梦幻起来。我静静地蹲在那里，小小的身影被拉得很长很长。我心中的结已然解开，我拉着奶奶的手，奶奶的手粗糙却温暖，那温度顺着指尖传递到我心底。

“苔花如米小，也学牡丹开。”在我小小的内心世界里，我深知未来的路漫长且充满未知，我不知道等待我的会是什么，但我对自己说：我要像 7 号楼的小草一样，即使没人关注、没人欣赏，也要努力生长、向阳而生。或许，在未来的某一天，我也能迎来专属于我的春天。

◎ 一岁照

◎ 在妈妈的怀抱中

◎ 身穿奶奶亲手织的毛衣与毛裤

友谊是糖，甜化幼儿园的苦涩时光

小时候，我常常一声不吭地低着头，盘着小腿坐在地上，绘制白天看到的故事地图。

我的身体就像一棵在风雨中摇摇欲坠的纤细脆弱的幼苗，差到了极点，哪怕只是微微吹了点风，就会感冒；稍微受点寒，便会发高烧；而且还是过敏体质，这让本就脆弱的身体雪上加霜。我常被家人带去医院治病，所以医院里的走廊、病床、长椅、餐车、取药的窗口，都是我画中常见的元素。

为了给我解闷，爸爸给我买了一只小博美。刚抱回来时，它白得像个小雪球，我满心欢喜地给它取名“小米球”。可小米球洗了几次澡后，我惊讶地发现，原来它的白毛是人为染色的。即便如此，养了一段时间后，我还是深深地爱上了这个小家伙，在我心里，它是我独一无二的玩伴。

我给小米球准备了一个豹纹犬窝，让它能安心睡觉。它总是用那双萌萌的黑眼睛看着我，乖巧地等待我的指令。在它旁边，我还放了一个可爱的皮卡丘玩具，希望我不在家时，皮卡丘能陪着小米球，让它不会像我一样孤单。那些年，奶奶剪裁旗袍剩下的花布料，都被我收集起来，我用一只手给洋娃娃和小米球做衣服、做漂亮的头绳。

有时，一个人玩累了，我就会在小床上睡着。睡梦里，我常常幻想自己变成了会魔法的公主，拥有一双羽翼丰满的白色翅膀，手里握着魔法棒，身上散发着灿烂的光，那是我对完整和美好的向往。

4 岁那年，我带着满心对幼儿园生活的憧憬，被送进了长纺幼儿园。

可因为长期多病和内心的自卑，上了幼儿园的我仍不爱说话。留着男孩子般短发的我又黑又瘦，走路时，身体欠缺平衡，只能侧着身子艰难前行，左臂拖着空荡荡的袖子，双肩一高一低，两条腿也像是被什么束缚住了一样，一前一后拖拉着，鞋子总在地上发出难听的声音，稍不注意人就会重重摔倒。这样的我，在一些人的眼中，是个“难看”又不会讨好的孩子。

我的床是在幼儿园寝室阴暗的一角，床板是硬邦邦的，潮湿的床铺总是散发着一股霉味，每到阴雨天，那股味道就愈发浓烈。

在幼儿园的日子里，每一项“任务”对我来说都是巨大的挑战。每天清晨，别的小朋友能轻松地用双手洗脸、刷牙，我却只能用一只手艰难地完成这些事。水常常溅得满脸都是，挤牙膏时我只能用残缺的左臂夹着牙膏用力往外挤，拿右手迅速用牙刷接住挤出的牙膏，但我总是倔强地不让别人帮忙，哪怕花费比别人多几倍的时间，也要自己完成。

穿衣时，扣子像是故意和我作对，怎么也扣不上；叠被子对我来说更是难如登天，每次叠好的被子都歪歪扭扭，根本不符合幼儿园阿姨的要求。可即便被批评，我也只是低着头，一声不吭。

白天，小朋友们在操场上嬉戏，我总是一个人站在角落里，默默地看着他们。我是多么渴望能加入他们的游戏，和他们一起欢笑，可每次鼓起勇气想要走近，看到他们投向我的异样目光，我的脚就像被钉住了一样，再也无法向前。洗澡时，有的小朋友看到我的残臂，会惊恐地尖叫着躲开，每到那时候，我的心都像被重重地捶了一下。

最让我害怕的是夜晚。寝室里一片漆黑，安静得只能听到其他小朋友均匀的呼吸声。我躺在阴潮的角落里，眼睛死死地盯着天花板不敢合眼，仿佛黑暗中隐藏着无数可怕的东西。偶尔，从窗户的缝隙里透进一丝月光，那缕光像是黑暗中的希望，却又那么微弱和短暂。我望着那丝光线，满心期待着皮卡丘能顺着光降临，把我带出这个孤独的地方。我紧紧地抱着和小米球同款的小皮卡丘玩偶，在黑暗中偷偷哭泣，我想我的家人，想我的小狗……

幼儿园每隔一段时间就会入园一批新同学，“小猴子”就是其中之一，我永远都忘不了那个阳光灿烂得有些晃眼的下午。

课间休息时，小朋友们都聚在滑梯旁边嬉笑打闹，突然，一个小小的身影风风火火地跑到了我的面前。他穿着一件鲜艳的红色小背心，皮肤黝黑，脸上洋溢着灿烂的笑容，两颗大门牙在阳光下格外显眼，活脱脱一只可爱的小猴子。

还没等我反应过来，他就笑嘻嘻地大声自我介绍起来：“嗨，我叫小猴子，是新转来的哦，你叫什么名字呀?”他的声音清脆响亮，像是带着一种能穿透人心的力量。

我下意识地缩了缩身子，眼神闪躲，怯生生地回答道：“我?我叫张超凡。”这是在幼儿园第一次有小朋友主动跟我打招呼，我的声音小得如同蚊子嗡嗡。

“哇，张超凡，这名字真好听！那我以后就叫你凡凡好啦!”他眼睛亮晶晶的，充满期待地看着我，接着又拍了拍自己的胸脯，信誓旦旦地说，“小凡凡，你记住哦，以后不管遇到任何困难，只要你叫一声小猴子，我就会像超级英雄一样，嗖的一下出现在你身边，把所有的坏人都打跑!”说着，他还夸张地摆出了大力士的造型，小胳膊上的肌肉紧绷着，虽然看起来没什么力气，但那认真的模样让我忍不住嘴角上扬。

那一刻，落在他脸上的那抹温暖的午后阳光，仿佛都变得更加耀眼了。“凡凡”这个陌生又亲切的名字，如同魔法咒语一般，轻轻地打开了我心中那扇紧闭已久的门。

从那之后，我像是被一种神奇的力量推动着，开始鼓起勇气跟他交流。我小心翼翼地拿出自己画的那些引以为傲的画，向他讲解我心中的“大富翁城堡”的玩法，里面有会说话的小动物、神奇的城堡和充满魔力的森林。他听得特别认真，目不转睛地盯着画，还不时地发出惊叹，比如：“哇，凡凡，你画得太棒啦！这个城堡好漂亮呀！”在他的鼓励下，我越来越自信，话也越来越多。

幼儿园的生活里，总会有一些小小的分享时刻。每当幼儿园分的饼干不够他吃时，我都会毫不犹豫地把自己的那份给他。看着他满足地吃着饼干，脸上露出开心的笑容，我的心里就会涌起从未有过的温暖和快乐。

我好像对这种给予“上瘾”了，有一次，甚至闹了个小笑话。

阿姨给每个小朋友发了包着糖衣的打虫药，我以为也是好吃的，想都没想就把自己的那份递给了小猴子，还一脸期待地说：“小猴子，这个也给你吃！”他接过药，看都没看就放进嘴里，结果刚一嚼，就皱起了眉头：“凡凡，这个味道好奇怪呀！”看着他那滑稽的表情，我先是一愣，然后立刻反应过来，忍不住和他一起哈哈大笑起来。

就这样，小猴子成了我童年的第一个好朋友，他用自己的热情和善良，温暖了我那段孤独的时光，让我渐渐走出了阴霾，开始勇敢地去拥抱外面的世界。

接下来，一场幼儿园运动会，让我彻底蜕变了。

那天，阳光炽热，幼儿园不大的操场上彩旗飘扬，小朋友们都穿着鲜艳的衣服，有的女孩脸上还化了点小妆，洋溢着兴奋的笑容，充满活力地准备迎接运动会的各项比赛。而我，被安排参加赛跑，这对我来说无疑是一个巨大的挑战。

站在起跑线上，我感觉全场的目光仿佛都聚焦在我身上，我的奶奶和妈妈也来到了现场为我加油鼓劲，她们还抱着我家小米球。她们不来还好，她们一来，我的心怦怦直跳，紧张得手心都出了汗。空荡荡的袖管在微风中瑟瑟发抖，就像我无比忐忑的心情。我害怕自己跑不好会成为大家的笑柄，更害怕让奶奶和妈妈没面子。

这时，小猴子跑到我身边，他紧紧地握住我的手，眼神坚定地看着我，大声说：“凡凡，别害怕！把你的袖子挽起来，你就能跑得像风一样快！我相信你！”作为我幼儿园唯一的好朋友，那时候他的话我总是深信不疑。我咬了咬牙，用力地点了点头，按照他说的，挽起了空荡荡的袖管。我在心里暗暗发誓，一定要努力跑，不能让小猴子失望。

随着老师一声令下，比赛开始了。其他小朋友像离弦的箭一样冲了出去，她们个子比我高，腿比我长，可即使这样我也拼尽全力向前跑。刚开始，我感觉自己的脚步有些沉重，呼吸也越来越急促，但我耳边一直回响着小猴子的鼓励声。我不断跟自己说：“我有什么不可以？！”于是，我闭着眼睛拼命加速，一步一步地追赶着前面的同学。

在全场的欢呼声和加油声中，我竟然第一个冲过了终点线。那一刻，时间仿佛静止了，我站在终点，有些不敢相信这一切。原来那些远离我的同学，此刻蜂拥而上，将我紧紧地围在中间，我们抱在了一起。大家的笑声、欢呼声交织在一起，我开心得眼泪都快流出来了，连头上的头花掉了也浑然不觉。

阳光洒在我们身上，耀眼得让人想哭。我第一次真切地觉得，我和别人没有区别，我也可以像他们一样，在赛场上尽情奔跑，享受胜利的喜悦。

从那以后，幼儿园的生活变得不一样了。

小朋友们不再用异样的眼光看我，他们会主动找我一起玩耍，一起分享小秘密。而我，也变得开朗、自信。

运动会结束后，小猴子带我去玩了幼儿园里最高最大的滑梯，那可是我一直都排不上队的大滑梯，站在上面能看到绿园区法院和检察院的天台。从滑梯上刺溜一下滑下来，我们的笑声在幼儿园里回荡，那是我童年里最美好的回忆之一。

我一直对小猴子心存感激。上小学之后，虽然我与他不在同一所学校，不能像以前那样天天见面，但他的话却一直深深地印在我的心里。每当我遇到困难想要放弃的时候，都会想起他坚定的眼神和鼓励的话语，那些话就像一股无形的力量，支撑着我勇敢地面对一切。

也正因为小猴子的出现，我的内心变得越来越强大。曾经被自卑掩盖的绘画天赋，也逐渐展现出来。我用画笔描绘着心中的世界，不再仅仅是医院，还有城堡、海浪、森林和大滑梯，当然还有穿着红色小背心的小猴子和豹纹犬窝里的小米球，每一幅画都充满了阳光和希望。周围的人看到我的画，不再把我当作异类，而是对我投来了赞赏和钦佩的目光。

友谊是糖，甜化了幼儿园的苦涩时光。

时光流转，如今，我已经长大了，可一回想起幼儿园的时光，小猴子的身影就会第一个浮现。在那片天真烂漫的天地里，他像一颗流星，虽然同行的时光短暂，却照亮了我彼时黯淡的内心，给我力量让我昂首前行。我会带着他给予的勇气，微笑着追寻梦想。因为我知道，在茫茫人海中，小猴子一定在默默祝福我绽放光彩，超凡脱俗。

冰上逐光：破茧少年的冠军之路

长春，这座被誉为“北国春城”的城市，不仅有着四季分明的独特魅力，更有着丰富的冰雪资源。冰雪文化，就像这座城市的灵魂，早已深深融入每一寸土地、每一条街巷，成为市民生活中不可或缺的一部分。

每至冬季，长春便披上洁白的盛装。纷纷扬扬飘落的雪花，是大自然馈赠的珍贵礼物，那细腻柔软的粉雪，如同精灵的羽毛，轻盈地落在大地上，层层叠叠地堆积起来，仿佛为世界铺上了厚厚的绒毯。只需用浇冰车轻轻一浇，原本松软的雪地便能摇身一变，成为光滑如镜的天然冰场。

晨光熹微，便有孩子们迫不及待地来到冰场。他们穿着色彩鲜艳的棉衣，脚蹬冰刀，在冰面上自由地舞蹈。阳光洒在他们红扑扑的脸蛋上，映照出纯真无邪的笑容。他们身姿矫健，时而如飞燕般轻盈穿梭，时而似流星般快速冲刺，每一个动作都充满了活力与激情。冰刀划过冰面，发出清脆悦耳的声响，仿佛在演奏着动人的冬日乐章。孩子们在冰上尽情地挥洒汗水，编织着属于自己的美丽梦想，那一个个灵动的身影，在冰天雪地中勾勒出一幅幅绚丽多彩的画面，也为这座城市的冰雪文化增添了一抹又一抹鲜活的色彩。

在这银装素裹的世界里，诞生了许许多多冰上运动的明星，王春露、李佳军、周洋等名字家喻户晓，他们在赛场上的辉煌成就，激励着少年们投身于冰上运动的怀抱，追逐着属于自己的荣耀与梦想。

小时候，在我家附近有一座露天的运动场，那里承载着无数青少年的冰上梦想。当时，那里正在招募新队员，筹备成立一支青少年大道滑冰队。负责执教的朴教练是朝鲜族人，是一位声名远扬的专业大道速滑教练员，他凭借着丰富的执教经验和独特的训练方法，曾经培养出许多优秀的滑冰运动员。

儿时我的身体弱，总要去门诊打吊瓶，每次看那细细的针头扎进我的手背，我的心里都充满了恐惧。日子一天天过去，密密麻麻的针孔扎满了我的右手背，也疼在了奶奶心上。

在爸爸妈妈为工作奔波的日子里，爷爷奶奶给了我最悉心的照料，在我的成长过程中，他们一直扮演着重要角色。

每周，奶奶都会带着我去药店买营养液。记忆中，那小小的葡萄糖酸钙不便宜，可奶奶每次为我买时，从来没有丝毫犹豫，她只希望这些营养液能让我的身体强壮一些。后来，医生建议我要加强体能锻炼，要不然小小的身体都快被药水灌满了。与其天天与药物打交道，不如加强锻炼拥有一个好身体，于是奶奶为我制订了一份“蜕变计划”——学习速滑！

对于滑冰，我原本是望而却步的。我天生平衡能力就比别的小朋友差，平日里穿着运动鞋走在平地上，都时不时会莫名其妙地摔跟头，何况穿着冰刀在光滑如镜的冰面上滑行呢？所以，当得知奶奶想要我参加滑冰队训练时，我满心都是拒绝。

然而，奶奶却坚定地对我说：“越是不行，咱们越得锻炼，不能因为害怕就逃避。我们要全力以赴，才能不留遗憾！奶奶陪你一起练！奶奶这么大岁数要是都能练，我的大孙女肯定更厉害！”

奶奶的话，如同冬日里的一把火，点燃了我内心深处那一丝不甘的火苗。于是，我怀揣着忐忑与不安，踏上了这条充满挑战的滑冰训练之路。

那段时间，长春市的气温骤降到零下十几度，清晨时分，阵阵碎雪随风飘舞，整个城市仿佛被一层厚厚的冰雪铠甲所覆盖。大河上下都被冻得结结实实，没有除净的白雪东一堆、西一堆，仿佛是大自然洒落的白色颜料，在这片广袤的土地上肆意铺展。

每天早上四点，当整个城市还在沉睡中时，我就被奶奶从温暖的被窝里叫醒。我睡眼惺忪，迷迷糊糊地洗把脸，随手套上一件衣服，就被奶奶“拎”到了训练场地。大地被冻得冰冷、僵硬，脚踩上去能听到嘎吱嘎吱的声音。到了训练场，冰面上弥漫着雾一样的寒霜。地上铺着一排绿色的行军垫子，队友们已经整齐地躺在垫子上，开始练习仰卧起坐。这仅仅是正式训练前的“开胃小菜”，别人都是 50 个一组，两组就轻松达标；而我第一次做的时候由于体力不支，只能20个一组，做完两组就累得气喘吁吁，瘫倒在垫子上，连起身的力气都没有了。但当我用余光瞥见一旁的奶奶正为我捏着一把汗，眼神中满是担忧与期待时，我心中涌起一股力量，大喊一声，咬着牙又做了几十个。那一刻，我知道，我已经没有退路了，我不能辜负奶奶对我的期望。

准备运动结束后，便是跑圈热身环节。朴教练规定，要在400米一圈的标准跑道上跑10圈。听到这个要求，我简直不敢相信自己的耳朵。10圈，那可是4000米啊！在学校里，我最多只跑过200米，这4000米对我来说，简直就是一个无法实现的目标。我心中充满了恐惧与怯懦，双腿也开始不由自主地颤抖起来。我甚至开始怀疑自己，我真的能完成这个任务吗？跑完之后还能有精力去上学吗？

清晨，天还是一片漆黑，空气中夹杂着的清雪的雪粒若有若无地飞舞着，不一会儿，就把我的眉毛、眼睫毛、鼻孔都染白了。呼气喷出的白雾很快把棉帽子的棉绒都染上了白霜，嘴巴周围也结出了一层薄薄的霜。我整个人仿佛置身于一个巨大的冰窖之中，在这黑暗而寒冷的环境中艰难地奔跑着，每一步都迈得异常沉重。再加上困倦的侵袭，我几乎是恍恍惚惚地随着寒流的起伏在奔跑。

但我不断地在心里告诉自己："张超凡，跑起来、跑起来，快点跑、快点跑！你咋又被人扣圈了！"只有跑起来，才能让我的全身暖和起来；只有跑完，我才能进行下一项训练。奶奶说的那句"要全力以赴"，在我耳边不断回响，就像吹响的号角激励着

◎ “奶奶陪你一起练！”

◎ “要全力以赴！”

我勇往直前。

起初训练的时候，我总是跑在最后面。当别人已经完成训练任务开始休息时，我才跑了一半。奶奶就站在寒风中，目不转睛地看着我，默默地为我加油鼓劲。她的身影在寒风中显得那么单薄，却又那么坚定。每当跑完最后一百米，奶奶就赶紧跑过来，帮助我做拉伸调整，给我穿上大衣，生怕我着凉。

朴教练从一开始就知道我的情况，队友们看我个子小小的，身体还不方便，训练量却跟大家一样多，总会私下里偷偷议论教练不近人情。但是，朴教练不但没有给我减量，反而对我格外严格。有一次，他一边摆弄着手里的秒表，一边目光坚定地对我说："张超凡，现在我给你打了折扣，以后生活中你就会处处被人打折扣！"这句话仿佛一道闪电，划破了我内心的迷茫与恐惧，深深地烙印在我的心底。我暗暗发誓，一定要努力变得强大起来，不辜负教练的期望。

速滑队的小队员大都家庭条件不太好，很多队友买冰鞋的钱都是家里从生活费里"挤"出来或者"硬攒"出来的，有的甚至买的是二手冰鞋。大家都怀揣着一个共同的梦想，希望通过滑冰成为体育特长生，滑出好成绩，进入国家队，将来能够出人头地。奶奶为了支持我训练，用攒了很久的钱给我买了一双全新的冰鞋，37 码。

那时候我只有一米三五，这鞋子无疑大了很多。但是为了多穿几年，大部分队员都会选择这样买，然后用棉花塞在运动鞋前面，再套个大厚袜子。为了把鞋子保护好，我还请奶奶给我做了一个鞋套。毕竟这是家人对我独一无二的爱，我要好好珍惜。

在速滑队里，我遇到了一群强壮、朴实、善良的小伙伴，队友之间的感情是那么热烈且真挚。在滑冰的时候，我有一个小绝技。通常别人在过弯道的时候是右臂展开，用左手掌扶着冰面，这样可以有效地起到支撑作用，避免滑倒。但是由于我的左臂残缺，无法像其他人一样用左手支撑，我就通过一次次地练习，不断调整身体的角度，最终找到了一种独特的平衡方式，能像一只小燕子一样轻盈地掠过冰面。队友们都对我的技术赞不绝口，这让我内心充满了成就感。

每当早上训练结束，我和队友们就会相约到体育场外环的一家馄饨铺，吃上一碗热气腾腾的紫菜虾皮鲜肉小馄饨。馄饨里再加上一点点胡椒粉和陈醋，那鲜美的味道仿佛可以驱尽一身的寒气。吃完小馄饨，我们收拾一下，七点钟赶到学校上学。在校园的时光相比于训练，显得静谧且舒服。但我知道，短暂的休息是为了更好地投入到下午的训练中。

结束了一天的文化课学习，下午三点多放学后，我们就在学校门口统一集合，坐班车赶到南岭体育场参加冰上实战训练。大部分时候晚餐我们都是在路上解决的，奶奶总会给我带一个保温饭盒，里面装着她精心准备的可口饭菜，还会带一些水果分给小朋友们吃。队友们都亲切地称呼奶奶为“高奶奶”，在他们眼中，奶奶就像一位温暖的大家长，无微不至地照顾着我们。

南岭体育场室外冰场主席台旁边有一间四面漏风的休息室，那是家长们唯一可以坐着休息一会儿的地方。因为大客车停的位置比较偏，家长们看不到孩子们训练的情况。可怜天下父母心，所以哪怕是冻得瑟瑟发抖，家长们也愿意守在一旁，看着自家的孩子一点点进步。奶奶也不例外，她总是静静地坐在那里，眼神中满是关切地注视着冰场上的我。

到了训练场，我们以最快的速度把棉衣脱掉，换上紧身的连体运动服，穿上冰鞋，检查好鞋带。这一系列动作已经成为我们每天最熟练的上冰前准备动作。寒冷的冬季，风如刀子般割在脸上，瞬间就把薄薄的连体运动服冻透了，整个人仿佛掉进了冰冷的冻湖，无法躲藏，甚至无法呼吸。队友们都急急忙忙地滑到冰面上，大家都拼命地滑，摔倒了，爬起来继续滑，因为只有不停地滑冰，才能让身体热乎起来。

不久，队员们都活动开了，身体的热气从滑冰服中散发出来，在寒冷的空气中蒸腾，每个人仿佛都腾云驾雾一般。队长弓着身体滑在最前面，队员们依次跟在后面，像是一支训练有素的雁阵，在冰面上飞行。我夹在这支冰上雁阵里，有的时候身体会与前面的队友轻轻地碰撞一下，我就用手轻轻地推开；有的时候后面的队友会用手轻轻拍拍我的后背，从外侧超越过去。队友们你追赶着我，我超越着你，亲热地和我开着玩笑：“小样儿，看你能追上我不?”我内心是那么快乐，在这支雁阵中，我和所有队友都是一样的，不再是那个在幼儿园阴暗的角落里躲藏着哭泣的断了翅膀的丑小鸭，也没有那些搞怪的孩子趁着我睡觉的时候把我断臂上的袖子不怀好意地扎起来，引发大家的哄笑。

我快乐地和大家一起滑行着，体会到了“飞”的感觉，时不时听到朴教练在旁边大声喊道：“超凡跟上、跟上，把重心压低，跟上……”

速滑队的训练生活进一步打开了我幼时自卑、自闭的心灵，我觉得自己生活在一个平等的团体当中，在这里，只要刻苦训练，就能获得大家的尊重和单纯的友谊。

当然，训练的过程也是枯燥、艰苦的。由于我单手换衣服不方便，为了少上厕所，我在训练的时候尽量不喝水。每天的上冰时间是下午四五点钟，冲刺训练的时候下冰要到晚上十点多，再从南岭体育场排队跑步到欧亚商都的门口乘车，路上需要将近一个小时。

到家后，我争分夺秒地吃饭、写作业，每天都是十二点以后才能睡觉。赶上疲劳期，我的肌肉经常在夜间抽筋，为了不影响家人，我咬着牙在小床上翻滚着，痛苦地做肌肉拉伸，直到肌肉的痉挛停止，才能睡上几个钟头。早晨四点钟，闹钟一响，我就像弹簧一般一跃而起，用最快的速度穿衣洗漱，和奶奶一起投入新一天的训练当中。不知不觉间，我不再是那个被奶奶“拎”去训练场的孩子了，我变得更加自律、更加坚强。

五年级的时候，我迎来了人生中至关重要的一次大考——吉林省速滑大赛少年组 800 米决赛。比赛前的那段日子，我比以往更加刻苦地训练，在冰面上的每一次滑行，都像是在与命运进行一场无声的较量。奶奶为了能让我在比赛中毫无顾虑地发挥，用那台老旧的缝纫机，一针一线，连夜为我精心缝制了一个蓝色的“棉手闷子”。这小小的手套，承载着奶奶满满的爱与期待，也成了我在赛场上最坚实的后盾。

比赛当天，整个体育场被冬日的阳光笼罩着，冰面在阳光的映照下闪烁着晶莹的光芒。看台上早已座无虚席，观众的欢呼声、呐喊声交织在一起，仿佛要将寒冷的空气点燃。我站在起跑线上，心跳如鼓，紧张与兴奋感交织在心头。环顾四周，其他选手个个摩拳擦掌，眼神中透露出坚定的斗志。我深吸一口气，调整好自己的状态，心中默默重复着教练的教诲和奶奶的鼓励。

随着一声清脆的发令枪响，我如离弦之箭般冲了出去。一开始，我便紧紧跟随着领先集团，努力保持着自己的节奏。冰刀在冰面上划出一道道优美的弧线，寒风呼啸着从我耳边掠过，吹得我的头发肆意飞舞。每一次蹬冰，我都使出全身的力气，将自己的速度发挥到极致。在弯道处，我凭借着平日里刻苦训练掌握的独特技巧，身体如燕子般轻盈地倾斜，巧妙地控制着平衡，顺利地超越了几名对手。

赛场上的竞争异常激烈，选手们你追我赶，互不相让。每一次超越，都伴随着观众的一阵惊呼；每一次被反超，又让我的心提到了嗓子眼。然而，我并没有因此而慌乱，始终保持着冷静和专注。我知道，这场比赛不仅是速度的较量，更是意志的比拼。

在最后一圈的冲刺阶段，我咬紧牙关，拼尽全力加速。汗水湿透了我的衣衫，模糊了我的视线，但我顾不上这些，心中只有一个念头：冲过终点线，赢得比赛！我的双腿如同上了发条的机器，不停地交替摆动着，速度越来越快。渐渐地，我与其他选手拉开了距离，向着终点发起最后的冲刺。

当我冲过终点线的那一刻，时间仿佛凝固了。整个体育场瞬间爆发出震耳欲聋的欢呼声和掌声，那声音如同汹涌的海浪，一波接着一波，久久回荡在空气中。我停下脚步，大口大口地喘着粗气，泪水不由自主地夺眶而出。这是喜悦的泪水，是激动的泪水，更是多年来努力付出得到回报的泪水。

队友们纷纷围了过来，他们有的兴奋地抱住我，有的激动地跳了起来，还有的不停地拍打着我的肩膀，向我表示祝贺。教练也快步走了过来，他的脸上洋溢着欣慰的笑容，眼中闪烁着骄傲的光芒。他紧紧地握住我的手，用力地摇晃着，说道："张超凡，好样的！你做到了！"

奶奶从观众席上冲了下来，她的眼中满是泪水，一把将我拥入怀中。我能感受到她的身体在微微颤抖，那是激动，也是心疼。她抚摸着我的头发，哽咽着说："大孙女，你是奶奶的骄傲！"在奶奶温暖的怀抱中，我感受到了前所未有的幸福和满足。

看台上的观众纷纷站起身来，为我鼓掌喝彩。那一刻，我觉得自己仿佛成了全世界的焦点。我知道，这一刻的荣耀不仅仅属于我自己，更属于一直陪伴在我身边，支持我、鼓励我的亲人、教练和队友们。

这次比赛，是我人生中的一个重要转折点，我感觉到自己的人生之路被彻底照亮了，我更加坚信，我的人生是不设限的。

未来的道路或许还会充满挑战，但我已经不再害怕，因为我知道，只要心中有光，就一定能够在黑暗中找到前行的方向。

爱的铠甲，是我独一无二的战衣

成长如逆旅，置身于汹涌人潮，我也曾孤单迷茫。是家人用朴素的爱，为我细细编织了一件“爱的铠甲”，让我在成长的路上，有了抵御风浪的力量。

我的奶奶，是长春市银龙纺织厂一位普普通通的纺纱工，她的一生，写满了要强与善良。在奶奶的心底，一直藏着一个炽热的愿望——成为长春市劳动模范。这个愿望始终如夜空中最亮的星，照亮并激励着她在平凡的工作岗位上默默耕耘、不懈奋斗。

每天清晨，奶奶总是早早起床，仔细地整理好自己的着装。她穿上那件洗得有些发白但依旧整洁的蓝色工服，工服上带着工厂里特有的味道，那是劳动的气息。领口和袖口都被磨得有些发毛，但奶奶总是把它们收拾得平平整整。她戴上洁白的纺纱帽，帽檐下露出几缕斑白的头发，却丝毫不影响她精气神儿十足的模样。这身打扮，便是奶奶在工厂里奋斗的“战衣”，每一次穿戴整齐，她都像是即将奔赴战场的战士，怀揣着对工作的热忱和对梦想的执着。

在工厂里，奶奶就像一台不知疲倦的机器，面对任何难活累活，她都从不退缩。那时候，纺织厂的工作又苦又累，机器整日轰鸣，车间里的温度和湿度都让人感到压抑，但奶奶总是第一个到岗，最后一个离开。她熟练地操作着纺纱机，眼神专注而坚定，双手在纱线间快速穿梭，仿佛在编织着生活的希望。遇到机器故障、原料短缺这些棘手的问题，她也很少跟领导提困难，总是默默地想办法解决，一心只想把平凡的工作做到最好。

大家平时都管奶奶叫“高大姐”，“高大姐”可是厂子里当之无愧的“知心大姐”。谁家要是有个家长里短的烦心事，第一个想到的就是找奶奶倾诉。她总是耐心地倾听，用温柔朴素的话语安慰着大家，给出最中肯的建议。要是碰上谁家值夜班没时间照顾孩子，奶奶更是毫不犹豫地把孩子接到家里来，开启管吃管住模式。她觉得，在纺织厂这个大家庭里，大家相互帮助，把工作做好，让生活充满温暖，比啥都强。

在那个物质并不富裕的20世纪90年代，大家的日子都过得紧巴巴的。为了节省开支，奶奶常常自己在厨房偷偷地吃大葱蘸大酱，就着馒头，便是一顿饭。可每当有小朋友来家里，她就像变戏法一样，在那小小的厨房里忙碌起来。锅碗瓢盆在她手中奏响欢快的乐章，不一会儿，香喷喷的锅包肉、鲜美的炖鱼和美味的炒腰花就摆上了我家的餐桌。在我们软磨硬泡之下，奶奶还能从冰箱里拿出一大瓶可乐，可乐打开的那一瞬间，小朋友们都沸腾了。大家围坐在桌前，吃得津津有味，欢声笑语回荡在屋子里。

小时候的我，总是天真地问："奶奶，你怎么不跟我们一起吃呢?"奶奶总会大大咧咧地笑着，眼睛眯成一条缝，温柔地说："那都是小孩子喜欢吃的东西，奶奶不喜欢吃这口儿。"

长大后，我才明白，这看似简单的话语背后，藏着奶奶深深的爱。那是她对我的呵护，对孩子们的关怀，是她独有的"善意的谎言"。

因为妈妈要倒夜班，爸爸要倒班开出租车，奶奶就将我背在身后一边工作一边照顾我。可不久后工厂里却传出了流言蜚语，说奶奶搞特殊，我想当她听到这些声音的时候，心或许比针扎还疼吧。一直那么要强的奶奶不想给厂子添麻烦，就提前退了休，回家一心一意照顾我，让我能有机会与其他孩子一样拥抱世界。

在速滑赛场上收获成功与自信后，我仿佛激活了身体里潜藏的无限能量，浑身都充满了挑战未知的勇气，对那些曾经觉得遥不可及的事情，内心都充满了尝试的渴望。

在一个假期，我和同学去格林梦游泳馆玩耍。她们像灵动的鱼儿般在水中自在畅游，而我却只能套着游泳圈，在滑梯前排队，眼巴巴地看着她们享受游泳的乐趣，心里羡慕极了。从游泳馆出来，我便迫不及待地跟奶奶说："奶，我也想学游泳!"奶奶拍着我的肩膀，眼神中满是宠溺与支持："只要你想学，奶奶就供你!"

于是，我们填了报名表，奶奶又带我去红旗街地下挑选泳镜和漂浮板。当我第一次以学员的身份踏入游泳馆时，那片湛蓝的泳池就像一个巨大的神秘宝藏，散发着诱人的光芒，可同时，也让我心生畏惧。

教练站在泳池边，大声对我们说："这泳池里有两米四深的深水区，我力争让你们经过半个月的训练就能下深水区试试！"听到这话，大部分学员的脸上都露出了怯色。

我的心也猛地一紧，水深几乎是我身高的两倍，万一游不动了，沉下去可怎么办？万一溺水了，谁来救我？可心底那股不服输的劲儿却在此时冒了出来，我在心里不停地给自己打气："张超凡，你连速滑都能学会，游泳也一定可以！"

真正开始训练后，我才发现困难远超想象。用一只手划水，根本无法保持身体的平衡，刚一下水，我就像个失控的小船，不停地左右摇晃，没游几下就呛了好几口水。教练在一旁看得直摇头，说："你这样硬练可不行，一只手划水得找到窍门，不然根本游不起来。"

我又委屈又着急，眼泪在眼眶里直打转，但我告诉自己不能放弃。我开始仔细观察教练的动作，看他是如何用双手协调划水来保持平衡的。我发现，划水时不仅要用力，还要注意节奏和角度。于是，我一次次地尝试，不断调整，每一次失败，我都在心里默默总结经验。

除了平衡问题，换气也是横在我面前的一道难题。别人可以凭借双手协调划水时产生的稳定动力，轻松地左右转头换气，整套动作一气呵成。可我因为只有一只手，每次身体转动准备换气时，就像被抽去了龙骨，平衡瞬间被打破，身体会不受控制地倾斜、下沉。

我一次次尝试，却一次次失败。当嘴巴好不容易露出水面，还没来得及吸上一口新鲜空气，身体就已经歪斜，紧接着一口水就猛地呛进喉咙，呛得我眼泪直流，鼻腔也酸涩不已。那种感觉就像是在黑暗中拼命摸索出口，却一次次碰壁，满心都是无助和绝望。

教练注意到我的困境，耐心地指导我："你试试在划水的同时，借助身体的摆动，快速地侧头换气。"我狠狠地点了点头，心中重新燃起希望，迫不及待地想要尝试新方法。

我深吸一口气，再次扎进水里，奋力划水，感受着水流的阻力。当需要换气时，我按照教练说的，在划水的瞬间，借助水的反作用力，用尽全身力气将身体微微侧转，同时迅速侧头。然而，现实却再次给了我沉重一击。身体的转动依旧不够稳定，头刚侧过去，肩膀就跟着下沉，只吸进了半口气，紧接着又是一口池水呛入。我狼狈地从水里钻出来，剧烈地咳嗽了好半天。

虽然满心沮丧，但我知道，放弃就意味着失败。于是，我默默给自己鼓劲，重新调整状态，再次潜入水中。一次，两次，三次……不知道失败了多少次，但每一次失败都让我更加清楚自己的问题所在。

终于，在一次又一次的尝试后，我成功了！那一瞬间，清新的空气顺畅地涌入肺部，我仿佛获得了新生，内心的喜悦和成就感难以言表。

随着训练的深入，我的游泳技术越来越娴熟，动作也越来越标准。教练注意到了我的进步，将我选为领训员。每次训练时，我都会站在队伍的最前面，带领大家一起做热身运动……

日子过得飞快，终于，教练带我们来到了深水区，问我们谁敢第一个跳下去。站在泳池边，望着那深不见底的池水，我的心又开始狂跳起来，脑海里闪过之前训练时的种种困难。但心底那股不服输的信念驱使着我，我深吸一口气，将所有的恐惧和担忧都抛诸脑后，纵身一跃，扑通一声扎进了深水区。

刚开始，我凭借着熟练的技巧，用蛙泳的姿势快速游动。可游了一段距离后，我渐渐体力不支，手臂也越来越沉重，每一次划水都像是在拖动千斤重物。更糟糕的是，身体又开始不受控制地摇晃起来，我心里开始有些慌张。难道真的要放弃了吗？不！我绝对不能就这样轻易认输！

我灵机一动，决定换个泳姿。我翻转身子，改为仰泳。仰泳的节奏让我稍微轻松了一些，我仰望着天花板，调整呼吸，手臂有节奏地划动，双腿有力地踢水，慢慢地找回了状态。可没坚持多久，又是一阵强烈的疲惫感袭来，我的手臂和双腿又沉得不听话了。

“不行，我不能放弃，一定要游到对岸！”我在心里怒吼着。我开始尝试用一只手划水，用另一条残臂借助水的浮力轻轻摆动，保持平衡。每划一下水，我都感觉自己在和身体的极限做斗争。

终于，当我从水中探出头，大口喘着气时，发现自己已经游到了对岸。其他学员都站在池边，用惊讶和钦佩的目光看着我。教练也满脸惊喜，对我竖起了大拇指。

从那之后，我在游泳训练中愈发努力，每天都泡在泳池里。有趣的是，我这个“小黑土豆”还比学速滑的时候白了许多。每次训练结束，对我来说最幸福的事是奶奶会奖励我一根烤肠。走出游泳馆，就能闻到那诱人的香气，奶奶总是早早地在门口等着我，手里拿着那根香气四溢的烤肠。我迫不及待地咬上一口，那浓郁的香味瞬间在口腔中散开，驱散所有疲惫。或许，学校门口的蘸辣椒面的淀粉肠、游泳馆里的烤肠，还有路边用小铁盘装的加蒜汁的鸡汤豆腐串，都已是只属于我们这代人的童年味道了吧。

学会游泳后，我又将目光投向了自行车。

一辆小小的自行车，在普通人眼中再平常不过，但对于我来说，要学会用一只手驾驭它绝非易事。刚开始练习时，我根本无法保持平衡，总是摔倒在地，膝盖和手掌擦破了皮，钻心地疼。这回奶奶派爷爷出马，爷爷二话不说，来到我身边，用他那宽厚有力的大手稳稳地扶着自行车的后座，为我增强稳定性。

就这样，在爷爷的帮助下，我开始了骑行练习。爷爷跟在我身后一圈又一圈地跑着，额头上豆大的汗珠顺着脸颊不停地滚落，但他的手始终紧紧地扶着后座，从未有过一丝松懈。我坐在自行车上，感受到爷爷给予我的力量，心中充满了温暖和勇气，努力地保持着平衡，双脚不停地蹬着踏板。

这样练了几个小时，在不知已经骑了多少圈的时候，我下意识地回头想要看看爷爷，却惊讶地发现爷爷已放开了手。他站在不远处，脸上洋溢着欣慰的笑容，大声地对我说：“大孙女，我就说你聪明！”

被爷爷夸，我心中涌起一股难以言喻的喜悦和骄傲。我真有那么聪明吗？我终于学会了骑自行车！在爷爷的默默支持下，我完成了这个看似不可能完成的挑战。

后来，我又踏上了学习中国武术的道路。

当我踏入武术馆的那一刻，一股浓厚的习武氛围扑面而来。在这里，我遇到了一位特别有爱心的武者——我的武术老师。他身形挺拔，目光炯炯有神，举手投足间散发着一种独特的气质。后来我了解到，他收养了好几位孤儿。他不仅教他们拳法，更教他们做人的道理，就好似我儿时看的金庸武侠小说里面的侠之大者，心怀天下，慈悲为怀。

在武术馆里，我穿上一身帅气的金黄色的练功服，跟着老师一招一式地认真学习。出拳、踢腿、转身，每一个动作我都反复练习，力求做到完美。汗水顺着脸颊不停地流淌，甚至湿透了衣衫，但我毫不在意。

在武术馆的日子里，我不仅学到了精湛的技艺，更懂得了做人的道理。老师常对我们说，习武不仅是为了强身健体，更是为了培养坚韧不拔的意志和高尚的品德。每当我能较为熟练地打出一套拳法时，我仿佛化身为了英姿飒爽、勇敢无畏的花木兰。

爸爸妈妈看爷爷奶奶把我的身体锻炼得棒棒的，打心底里感到高兴。可喜悦之余，新的担忧又涌上了他们的心头。他们担心我一个小女孩天天专注于这些体育项目，会缺失了“淑女”的气质，于是，爸爸便提议让我去学画画。

爸爸自幼便对绘画有着浓厚的热爱，绘画技艺十分精湛，无论是细腻的人物，还是磅礴的山水，在他笔下都能栩栩如生地呈现出来。他笔下的风筝年画，满是浓浓的年味儿，喜庆又鲜活。凭借着出色的绘画功底和高超的技艺，他曾代表吉林省去潍坊参加中国风筝比赛，在众多参赛选手中脱颖而出，一举斩获金奖，勇夺全国第一名，成为高级风筝工艺师。

在我童年的记忆中，有一个画面最为温情：爸爸左手稳稳地扶着画案，右手悬腕，轻轻提起毛笔，手腕灵活转动，在笔墨游走之间，一个个形态各异、灵动鲜活的图案便在绢布上缓缓浮现；一旁的妈妈，一头乌黑的秀发，她温柔地将长发挽到耳后，专注地削着竹子，为风筝制作骨架。两人配合默契，一举一动十分温馨。而他们精心制作的这一切，都是为了给我做一个独一无二的彩绘风筝。

当我满心欢喜地拿着他们亲手做的风筝，在长春文化广场上尽情奔跑时，总会抑制不住内心的骄傲，一脸神气地大声说道：“我的风筝是文化广场上最漂亮的！因为别人的都是买来的，而我的是爸爸妈妈亲手做的！”

奶奶为了好好挖掘我的绘画天赋，还找来一位名师悉心指导我。

长春的秋天，红叶纷纷扬扬地飘落，铺满了 54 路有轨电车的车道，秋意愈发浓厚。就在这样的时节，奶奶带着我来到长春市工人文化宫观赏画展。工人文化宫是长春一处文化艺术的荟萃之地，这里常常迎来众多书法界、绘画界的名人，他们在此为春城百姓传道授业、答疑解惑，积极弘扬中华传统文化。在这里，我们遇见了影响我一生的绘画启蒙老师——朱臣先生。

初见朱臣先生，他身上散发着文人墨客特有的儒雅气质，举手投足间尽显风度。他的眼神深邃而明亮，仿佛藏着无尽的智慧与故事，嘴角微微上扬，带着一抹和善的笑意，让人倍感亲切。更令人惊叹的是，他不仅有着文人的儒雅，笔墨间还透着一股刚正不阿的侠骨之气。他的每一个动作都干净利落，那股子精气神儿，就像武侠小说里行侠仗义的豪杰，诗酒趁年华。而且，朱臣先生不仅画画技艺精湛，在武术方面也有着很高的造诣。

奶奶向朱臣先生提到了我对绘画的喜爱和自身的不足，然而，朱臣先生却语气沉稳有力地说道："在绘画的领域里，一只手的人和两只手的人是完全平等的！"他说这话的时候，眼神中透露出一种不容置疑的自信，他还说了句让我至今想起仍会嘴角上扬的话："我们要把对超凡的担忧变成一种祝福，守望她的成长。"

那一刻，艺术的光照进了我的人生道路，我开始学习中国画。也许是与生俱来的天赋使然，也许是受到爸爸长期的耳濡目染，又或许是上天对我苦难童年的格外眷顾，我深深地沉醉在这个由水墨和五彩颜料渲染出的奇幻世界里。

在绘画启蒙阶段，主要学习的是国画中的笔法与墨法。起初，看着墨汁在宣纸上晕染开，形成灵动的墨韵，我觉得新奇又有趣。可随着练习的深入，一张又一张地重复练习，让原本脾气就有些急躁的我渐渐失去了耐心。我满心疑惑，为什么同样的叶子要反反复复画十张？为什么叶筋非得勾得那么细？一个淡墨，又怎么会有那么多讲究？画了五六张后，我便开始沾沾自喜，自以为已经熟练掌握了绘画技法。直到看到老师拿起笔，在宣纸上挥毫泼墨，那从容自若、游刃有余的模样，我才真正领悟到“书读百遍，其义自见”的道理。原来，每一次看似重复的练习，都不是无用功。

从那以后，我开始努力让自己在盛夏的燥热中静下心来，专注于每一次的绘画练习。经过日复一日的艰苦磨炼，我逐渐打下了坚实的绘画基本功。曾经，奶奶陪伴我学习滑冰时，总是骑着那辆黑色的大自行车，载着我穿梭在上下学的路上。如今，我既要练习速滑，又要去文化宫学习国画和书法，为了节省时间，奶奶果断“给生活提速”，买了一辆粉色的小摩托车。从此，她便骑着这辆车，带着我在文化宫和滑冰场之间来回奔波。

奶奶为了培养我对绘画的兴趣，还跟朱老师学习了裱画。我画的每一幅作品，哪怕在旁人眼中只是小孩随手涂鸦的“边角料”，在奶奶心里，却都是我成长走过的路。

她裱画的客户只有一个，那就是她最爱的大孙女——我。

每次我完成一幅画作，奶奶都会小心翼翼地将它拿起。先轻轻地把画摊在平整的桌面上，用干净的软布仔细地擦拭桌面，确保没有一丝灰尘。接着，她熟练地调配好糨糊，用刷子均匀地涂抹在画的背面，动作轻柔而又专注，眼神里满是慈爱。然后，她拿起事先准备好的裱纸，慢慢地覆盖在画上，用手轻轻地抚平，挤出空气，让裱纸与画紧密贴合。最后，她用裁纸刀小心地裁剪多余的部分，将裱好的画制作成了一本精美的画册。

正所谓“三分画七分裱”，经奶奶裱过的画，瞬间有了一种别样的仪式感，也让我在绘画的道路上，每一步都走得更加坚定、更加有力。

9 岁那年，我凭借为奶奶祝寿的作品《三千寿》，在“全国中华魂书法绘画摄影大赛”中荣获绘画金牌。

从那以后，我成为朱老师眼中的得意门生，在班级和学校里，也当之无愧地成了绘画和宣传骨干。绘画不仅让我掌握了一门技艺，更让我学会了细心和静心。

成长之路漫漫，回首望去，成长路上的磕绊与不安，最终都被家人的爱意温柔包裹。奶奶的要强与善良，如铠甲上坚固的铁片，为我抵御生活的恶意；爷爷的坚定与慈祥，化作铠甲的系带，紧紧守护着我；爸爸的言传身教、妈妈的殷切期许，是铠甲上熠熠生辉的饰物，给予我美的熏陶与追求梦想的勇气。

这件由家人精心编织的爱的铠甲，不仅仅是我搏击风浪的战衣，更镌刻着岁月的温度与亲情的深度，成为我灵魂的底色。它让我明白，爱从不是一帆风顺时的锦上添花，而是困境中永不缺席的坚实依靠。而那些给我关爱与鼓励的良师，更让我看到了爱的宽广。在爱的庇护下，我从懵懂走向成熟，从脆弱变得坚强。无论世界如何变幻，我相信，在人生这场漫长旅途中，爱永远是我的精神动力与避风港。

吉大附中，我的青春“能量站”

如果说我的童年是跟身体的一场“较量”，那么到了初中就是跟学习的一场“鏖战”了。

在我上小学五年级的时候，国家到吉林省选拔残疾人运动员。选拔现场，教练们对每一位候选人进行了严格的体能测试。我在肺活量检测环节吹出的好成绩，加上平日锻炼的积累，让我成功引起了教练们的注意。经过综合评估，教练十分看好我的潜力，建议我去进行专业的游泳训练，他笃定地表示，凭借我的天赋和能力，未来很有可能“为国出战”。

听到这个消息后，我们一家人既惊喜又纠结。惊喜的是，我的天赋和努力得到了专业教练的认可；纠结的是，这意味着我要面临一个重大的人生抉择。为了慎重地做出决定，我们一家人围坐在一起，召开了一场家庭会议。

爸爸觉得当初奶奶带我练体育，就是为了强身健体、坚定意志，如今我已经做得很棒了，还是希望我坚持儿时最初的热爱，好好画画、认真学习，以后做自己真正喜欢并觉得快乐的事业。

经过深思熟虑，最终我们怀着感激之情，婉拒了教练的盛情邀请。那么，眼下，摆在我面前最重要的一件事，就是考上一所好初中！

2004年，小学五年级升初中是要参加升学考试的。爸爸为我报名了吉大附中和东北师大附中。第一场考试是在吉大附中，听爸爸说那可是吉林省赫赫有名的学校，在省内教育界有着举足轻重的地位，每年都培养出一大批品学兼优、出类拔萃的学生，他们考入各大名校，在各个领域发光发热。

入学考试那天，考场上每个同学的试卷左上角都贴了一个名签。我好奇地扫了一眼前后座的名签，上面不仅写着学生姓名、考号以及所在的小学，下面还特意标注了他们在奥林匹克数学竞赛或是英语竞赛中获得的成绩。

不看不知道，一看吓一跳，我的前后座居然都是奥赛数学一等奖的获得者。这些成绩在阳光下格外耀眼，让我心里不禁有些发怵。

我努力让自己镇定下来，心里想着："反正会啥就写啥吧，尽力就好！"可当我准备拿笔答题时，手在书包里掏了半天，却怎么都摸不到笔袋。不会吧，我不会连笔都没带吧？！我心急如焚，把书包翻了个底朝天，反复确认后，不得不接受这个残酷的事实——我真的把笔袋落在家里了。我慌慌张张地找了理由走出考场，在走廊里来回踱步，急得像热锅上的蚂蚁。

就在我不知所措的时候，一位气质出众的女老师朝我走了过来。她留着过肩的中长发，发尾微微卷曲着，身材匀称，面容清瘦，举手投足间散发着一种独特而威严的气场。她一开口说话，我就听出来她好像是朝鲜族人，那说话的节奏和我以前的速滑教练朴老师很像。

她轻轻走到我面前，声音温和地问道："同学，你怎么不进教室考试呀?"我涨红了脸，低着头，不好意思地说："老师，我忘记带笔了……"她听后，脸上露出了亲切的笑容，毫不犹豫地从随身带着的档案袋里掏出一支笔，递到我手中，还笑着打趣道："要是你考上了，可一定要记得找到我，把笔还给我哦。"

她这句轻松的玩笑话，就像一阵春风，瞬间吹散了我心中的焦虑和紧张。那一刻，我满心都觉得吉大附中的老师简直就是"女神"！在走廊里偶然遇到的老师都这么善良、这么好，那爸爸跟我说的实验班老师肯定也非常优秀了。我在心里暗暗发誓，一定要好好考试，不为别的，就是为了能有机会当面把笔还给这位"女神"老师。

于是，我紧紧握着老师借给我的笔，快步回到考场，深吸一口气，开始认真作答。考试结束后，爸妈在门口跟所有家长一样焦急地等待着，看我从人群中走出来之后还问我感觉怎么样，我只说了一句话："这儿挺好！就这儿了！"后来，我也没有去考东北师大附中，虽然那儿也很好，但第一眼就喜欢的学校已经在心里生了根。

终于盼到成绩放榜那天，我爸跟我妈就像两个在宝藏地图上寻宝的探险家，“分工明确”地开始找我的名字。我爸那是信心满满，从榜单最前面一路往下扒拉，我妈则从后面往前倒着找。要说了解我学习情况的，还得是我妈。没一会儿，我妈就像发现新大陆似的，兴奋地大喊：“找到了、找到了！在这儿呢！”原来我的名字排在五十多名的位置；而实验班总共录取七十二名同学，这不就意味着我稳稳地“上岸”了嘛！

那一刻，我感觉自己就是世界上最幸运的小孩！

好奇心作祟的我，还特意看了一下考试时坐我前后的两位同学排了第几，答案很好找，他俩一个第一，一个第二，真是“大写”的优秀。

那年上初中的我们背负了学校和家长太多的期望，通过层层考试选拔出来的七十二名学生单独成班，有趣的是班级门口挂的不是班号，而是“超能实验班”，几个大字显得威风霸气。班级里的同学用现在的词语形容就是“学霸”或“学神”，而且个个都身怀绝技。用班主任“发哥”的话来形容就是：“或许，有一天，我会因你们这一届学生而温暖一辈子。”

开学典礼上，我在人海中寻找着那位朝鲜族老师的身影，没想到竟在广播里听到了熟悉的声音，我的目光快速投向了主席台。什么！她竟然是我们的校长——崔校长！

自那以后，我就觉得我是被校长借过笔的孩子，我的初中时光仿佛也因此被套上了“主角光环”。

我们班的老师都非常特别，小小的我透过他们看到了不一样的世界。

我们的语文老师，她叫张朝军，对，不是“沉鱼落雁”的王昭君。

初次见面，她就幽默地开启了自我介绍：“我虽没有昭君那般倾国倾城的容貌，可往届的学生都亲切地喊我‘军师’。”

“军师”留着利落精神的短发，发梢微微翘起，透着一股干练劲儿。她的眉毛浓密而修长，眉下一双明亮的大眼睛，透着智慧与温柔。她真的很爱笑，声音洪亮且动听，仿佛有一种神奇的魔力，能一下子抓住所有人的注意力。而且，她写得一手漂亮的粉笔字，黑板上的字迹刚劲有力、行云流水，看得我们羡慕不已。平日里，她就像一朵灿烂的向日葵，总是热情洋溢地给每个表现优秀的同学贴上一个鲜艳的红色奖章。

刚上初中那会儿，一直让我引以为傲的语文，却在我第一次做新题型的卷子时遭遇了“滑铁卢”，满分 120 分的试卷，我竟然只考了 70 多分。成绩出来后，我心里那叫一个忐忑。很快，语文老师就让课代表通知我去办公室。听到这个消息的那一刻，我的心瞬间就提到了嗓子眼儿，感觉像是有一只小兔子在里面上蹿下跳。

走在通往办公室的长廊上，我的脚步格外沉重，每一步都像是踩在棉花上，软绵绵的。长廊里静悄悄的，只有我自己“咚咚咚”的心跳声。我心里不停地琢磨着：老师这是要找我“算账”了吧？肯定是因为我这次考得太差，让她失望了。

我越想越害怕，额头也冒出了一层细密的汗珠。我在心里默默地祈祷着，希望老师能手下留情，不要太严厉地批评我。可又忍不住胡思乱想，万一老师对我彻底失望了怎么办？万一她觉得我根本不是学语文的料怎么办？各种糟糕的念头在我的脑海里不停地打转，让我的心翻腾得更加厉害了。

终于，我鼓起勇气走进了办公室。“军师”一眼就看到了我，她微笑着朝我招了招手，把我叫到她的旁边。我低着头，大气都不敢出，准备迎接“狂风暴雨”。没想到，老师并没有批评我，而是一边耐心地帮我分析错题的类型，一边还夸我写的字好看，作文写得也不错。

她语重心长地说：“一手好字，一篇好文章，再加上一个阳光的心态，注定你就是语文110分的选手！”老师的话，就像一束温暖的阳光，瞬间驱散了我心中的阴霾，让我原本忐忑不安的心，一下子平静了下来。

自那以后，“语文考110分”这颗充满希望的种子，便在我心底悄然种下，生根发芽。

“军师”常常在休息时间喊我去帮她批卷子。批完卷子后，她还会奖励我薯片和她亲手泡的酸辣粉。对于处在学生时代的我来说，这简直就是“顶级待遇”！

慢慢地，我领悟到了“军师”的良苦用心，这“批卷子”里藏着大学问。在一张张试卷的批改过程中，我渐渐发现，大家的易错点其实都比较集中。每次批完两个班将近一百五十张卷子，我就像是把知识又巩固了上百遍。而且，我开始学会站在老师的角度去审视这些试卷，出题人的那些考点，我都背得滚瓜烂熟，就差刻在脑门儿上了。评卷小组的成员后来给我起了一个外号，叫作“满分杀手”，他们说只要经过我手的卷子，总能发现“漏洞”。

再到答题的时候，我就像一只敏捷的“跳跳虎”，眼睛瞪得像铜铃，能迅速识破出卷人精心设置的陷阱。每避开一个陷阱，成功答完一道题，那种喜不自胜的成就感便油然而生，仿佛自己打了一场大胜仗。

学期末的总结大会终于来了。“军师”安排了几位同学，让他们把 110 分以下的试卷一一发给同学们。而她呢，则站在讲台上，神情庄重地逐一念出高分同学的名字，被念到名字的同学还能上台和她拥抱。

终于，“军师”提高了音量，清晰而有力地念道：“张超凡，112 分！”她把我名字的三个字咬得格外清晰，掷地有声，那声音仿佛带着一股魔力，在教室里回荡。这一瞬间，我想起了她当初在办公室里对我说的那句话：“注定你就是语文 110 分的选手！”

如今，这分数就是最好的印证！我激动得小脸通红，脚步轻快地走上讲台，“军师”张开双臂，给了我一个大大的、温暖的拥抱。

从那以后，我的语文成绩就像开了挂一样，逢考必在 110 分以上，“110 分”这颗种子，在“军师”的悉心浇灌下，已然长成了一棵茁壮的大树，中考时也结出了 118.5 分的硕果。

在初中的学习生活里，还有一位老师让我至今都难以忘怀，那就是我们的地理老师——欧炜。初见欧老师，他那独特的形象便深深印刻在我的脑海中。他的皮肤被阳光染成了健康的小麦色，透着一种历经岁月沉淀的成熟魅力，深邃的眼眸中闪烁着智慧的光芒，他目光如炬，仿佛能洞悉世间万物的奥秘。他身材高挑挺拔，浑身散发着一种自信而沉稳的气质。

欧老师的地理课，堪称视觉与知识的双重盛宴。每当他拿起粉笔，在黑板前站定，教室里瞬间就会安静下来，所有人的目光都紧紧聚焦在他身上。只见他微微眯起眼睛，好像在脑海中勾勒着地图的轮廓，紧接着，手中的粉笔犹如灵动的画笔，在黑板上自由穿梭。不一会儿，一幅精美的世界地图便栩栩如生地展现在我们眼前。

随后，他还能毫不费力地徒手默画出中国地图，从蜿蜒曲折的海岸线，到雄伟壮丽的山脉，从广袤无垠的平原，到星罗棋布的河流湖泊，都被刻画得生动准确，让人惊叹不已。

小时候不认识欧炜老师的“炜”字怎么读，还特意查了字典。“炜”，本意是光明，他的名字与他所教授的学科，简直是天作之合，完美地印证了他在地理学科上的深厚造诣。

在我心中，他不仅是一位温文尔雅、学识渊博的谦谦君子，更是一位能够在地理知识的天地间“呼风唤雨”的专业大咖。而且他脾气特别好，每次我遇到不会的题，他都会耐心地解答，还告诉我说：“现在有些东西记不牢是因为这些都是书本里的知识，这世界很大、很美，等你长大了有机会要用脚步亲自去丈量一下，这些知识一下就立体了。”

还有一位给我留下了极为深刻且温暖的印象的就是我们的生物学老师——李明霞。初次上她的课，我便被她的独特与严谨所吸引。第一堂课上，她特意向我们强调，这门学科是“生物学”，而非简单的“生物”，并耐心地为我们讲解二者之间的区别。那专注的神情和清晰的讲解，一下子就抓住了我们的注意力，让我对这门学科充满了好奇与期待。那时的我还不知道，这位老师与我的缘分，远不止课堂上的知识传授，她把我带进了科学的殿堂，在我人生的重要节点扮演了至关重要的角色。

多年后，我在吉林大学读博期间，在博导邵老师的对接下与她重逢。二十年过去了，她眼中对我的欣赏与偏爱依旧未变。

交谈中，她回忆起往事，我才知道，当年她任教务主任，同时还负责实验班的招生工作。她缓缓说道：“那时候社会的环境还不像现在这么包容开放，有些家长提出了异议，说你身体有缺陷，没有左臂，担心会影响学习和班级的整体情况。但我从你的资料和考试成绩中，看到了你身上的坚韧和潜力。所以，我顶着很大的压力，坚持将你招进了实验班。如今看到你变得越来越优秀、越来越强大，作为老师，我打心底里感到高兴和自豪。”

听着老师的这番话，我的鼻头陡然一酸，眼眶瞬间湿润了。

原来，在我成长的道路上，每一步看似平凡的前进，背后都有像李老师这样的人在默默为我遮风挡雨、负重前行。他们用自己的大爱和信任，为我撑起了一片充满希望的天空，让我能够勇敢地做自己。

回想起初中毕业时，我满心感激，亲手为明霞老师制作了一张贺卡。我精心挑选了一张绿色的卡纸，在上面一笔一画地画着细胞膜、细胞壁等生物学元素，用我所学的“生物学式语言”，将我们之间深厚的师生情融入其中。当我把贺卡送到她手中时，她眼中闪烁着感动的泪花，感慨地说：“几十年的教学生涯，我教过许许多多的学生，触动我灵魂的爱徒，叫张超凡。”

后来，在老师们的悉心培养以及同学们的支持下，我有幸荣获“吉大附中顽强拼搏奖”。这份荣誉，可是除“吉大附中校长奖”之外，由校长亲自颁奖的至高褒奖。当我从崔校长手中接过那座沉甸甸的奖杯时，初中生活的点点滴滴如潮水般在脑海中汹涌翻腾，那些难忘的瞬间，那些有趣又温暖的画面，通通浮现在眼前。

在吉大附中的日子里，我铭记的是五四实验二班黑板上贴的“八字精神”——感恩、宽容、竞争、超越。这简简单单的八个字，蕴含着无尽的人生哲理，值得我用一生去细细品味、去践行。

如今，我已走过了一些路，获得了些许荣誉，但这座奖杯，一直被我单独珍藏在书房的书柜上，它就像是一把钥匙，能打开我心中那扇关于青春、关于梦想的大门。

每当我在生活中感到迷茫，或是遭遇委屈时，我总会轻轻擦拭它，凝视那半个大圆球的反光，在那模糊又清晰的映像里，我仿佛又看到了初中时候的自己。

小小的我，站在班级的桌子上，满心热忱地用运动会的白帽子制作“梦想巨轮”，用蓝色粉笔描绘汹涌的海浪，在临近广播喇叭的地方，郑重地写下“长风破浪会有时，直挂云帆济沧海”。那时的我，心中怀揣着一往无前的勇气，坚信自己定能在人生的海洋中乘风破浪，驶向远方。

小小的我，奔跑在吉大附中女子八百米的跑道上，耳边是同学们震耳欲聋的加油声和激昂的鼓声，那声音仿佛汇聚成一股强大的力量，推动着我不断向前。我拼尽全力，第一个冲过终点线，为班级争得宝贵的 8 分。那一刻，胜利的喜悦和满满的成就感涌上心头，心中只有一个信念——我做到了！

小小的我，遇到不会的难题时，左右同桌毫不犹豫地轮番上阵，一遍又一遍耐心地为我讲解。当我终于做对的那一刻，激动的欢呼声在教室里回荡，就连坐在班级最后一排的同学都知道，张超凡又做对了一道难题。那一刻，我不再“死要面子”，而是深切感受到了友情的珍贵与温暖，对这份情谊有了更深层次的依赖与喜爱。

四季更迭，岁月流转，校园里的每一处风景都见证了我的成长；万物生长，情谊满溢，在学校的每一个瞬间都镌刻着我与老师、同学们之间的深厚情感。

欧老师、李老师、“军师”……他们是吉大附中建校多年来众多优秀老师的缩影，他们用自己的智慧和无私的爱，为我们点亮了前行的道路。虽然笔墨有限，我无法将每一位老师的恩情和每一位同学的情谊一一详尽诉说，但这份感恩早已深深种在我的心底，生根发芽，茁壮成长。

若干年后的一个寻常午后，我正刷着手机，一条推送突然映入眼帘——吉大附中的视频号更新了。

我怀着好奇与期待点开视频，画面中，学弟学妹们穿着那熟悉的深蓝色带白条的吉大附中校服，背着书包，脸上洋溢着青春的笑容，快乐地走进学校。校门口，站着一排身着正装的老师，他们个个神采奕奕，热情地向孩子们挥手问候。而站在正中间的，竟是欧老师！

此时的他，已然成为孩子们口中的欧校长。岁月似乎并未在他身上留下太多痕迹，他的眼神依旧充满慈爱与关怀，就像当年对待我们一样，他正用同样深沉的爱，呵护着每一个踏入校园的孩子。

看着这一幕，我的眼眶不禁湿润了。

这就是老师，他们用一生的时间，在平凡的岗位上默默耕耘，将爱与希望传递给一代又一代的学子。而吉大附中，这片承载着我青春梦想的土地，也将在这份爱的延续下，不断孕育出更多的希望与奇迹。未来的日子里，不知道又会有多少像我一样的学子，在这里收获知识、收获友谊、收获成长，书写属于他们的精彩人生故事呢？

我被视频中的场景深深打动，毫不犹豫地按下了点赞按钮。就在这时，消息提示音突然响起，我惊讶地发现，崔校长也在同一时间点了赞。那一刻，我心中涌起一股难以言喻的感动。当崔校长看到我站在北京大学的讲台上进行“开学第一课”时，还曾发信息这样鼓励我：“吉大附中的毕业生遍布祖国四面八方，就像田地里的种子，无论在什么条件下都能生根发芽、顽强生长，你是我们的骄傲！”……

这些跨越时空的默契，让我深刻地感受到，吉大附中的教育传承，早已深深扎根在每一个吉大人的心中。从崔校长到欧校长，从曾经的老师们到如今的教育工作者，他们用实际行动诠释着对教育事业的执着与热爱，将这份宝贵的精神财富不断传承下去。

教育，无他，唯有爱和榜样。愿我们每一个吉大人，都能始终心怀热爱，带着吉大附中赋予的勇气与力量，奔赴人生的山海。无论未来的道路多么崎岖，无论岁月如何变迁，都能不忘初心、砥砺前行，在各自的人生舞台上绽放出最耀眼的光芒，续写吉大附中的辉煌篇章!

◎ 爱在力旺，再遇崔校长

与十一高的学弟学妹们

在十一高，遇见更好的自己

岁月悠悠，思绪飘回到2008年的那个秋天，我身着蓝色校服、扎着高马尾，怀揣着对未来的憧憬，满心欢喜地踏入了长春市十一高中的校门。那一刻，阳光倾洒，微风轻拂，而我的高中故事将在这方校园里缓缓铺陈开来。

学校始建于1945年，属吉林省首批示范性高中，位于长春市绿园区的西南方，它是当年长春人民口口相传的“四大校”之一，被亲切称为“十一高”。

迈进校园，首先映入眼帘的便是那栋以深红色为主调的教学楼，它静静矗立在那里，楼身的红砖被阳光镀上一层金辉，仿佛在低声诉说着学校过往的辉煌与荣耀。墙壁上爬满了翠绿的爬山虎，随着微风摇曳生姿，像是在热情地欢迎我们这些新生的到来。

就在这时，校园广播里传来了悠扬的校歌。“红楼高，绿树抱，沃土育芳草，一代学府，北国名校……”激昂的旋律瞬间点燃了我的热血，歌词写得很好，而且每一个音符都充满力量。

我满怀憧憬地走在通往主楼的长廊里，长廊两侧的墙壁上，挂着十一高历届优秀校友的照片和事迹介绍。我久久伫立在那条长廊里，目光一寸寸扫过墙上的照片，演员李幼斌、运动员刘晓宇、企业家海王药业张思民……他们的眼神里满是自信与坚毅，像是在无声地诉说着各自的辉煌成就。

我痴痴地望着，心底有一簇小火苗噌的一下被点燃，脑海里不由自主地浮现出一幅画面——我的照片也挂在这面墙上，在暖黄的灯光下熠熠生辉。我的嘴角开始不自觉地上扬，在心里暗暗想着:“要是真有那么一天，我可得挑张颜值最高的照片。”

那时的我，满心都是对未来的憧憬，丝毫没有料到，这条看似普通的走廊，像一个沉默又温暖的“心灵树洞”，将静静聆听我的欢笑与泪水、迷茫与坚定，见证我在十一高的每一次成长、每一次蜕变，陪我书写“青春叛逆”与“高光故事”……

踏入高一，凭借入学测试的成绩，我顺利跻身理科实验班。班主任是位物理老师，姓黄。初来乍到，周遭皆是陌生的面孔，我满心忐忑。正琢磨着如何融入集体时，学校布置了一项特别任务——每个班级都要设计一面独一无二的班旗。

班主任黄老师在讲台上宣布了这个消息，教室里瞬间安静下来，同学们面面相觑，眼中满是困惑。大家平日在竞赛场上所向披靡，可面对画班旗这种需要创意和艺术细胞的活儿，都犯了难。就在这略显尴尬的时刻，我心中涌起一股勇气，不假思索地高高举起手：“老师，我能画！”后来同学们说，我这简短的三个字，让他们觉得我“特帅”。

说干就干，我迅速投入对班旗的构思中。我决定以班号为核心元素，用十一高校服上深邃宁静的海天蓝做主色调，然后把班号数字变形，将它设计成一只振翅欲飞的鸽子。在鸽子尾羽处，我选用一抹红棕色，为画面增添了灵动与活力。整个设计，寓意着同学们能怀揣梦想，向着天空高飞，大展宏图。

设计完成后，我满心欢喜地把草图贴在黑板上，站在讲台上向老师和同学们分享自己的设计理念。大家的目光紧盯着草图，仔细聆听。分享结束，教室里掌声雷动，黄老师微笑着点头，大家一致认可我的设计，我也成功在新班级迈出了融入集体的第一步。开学一周后，凭借着同学们的信任与支持，我以全票当选为班长。

高一这一年，我和同学们一同度过了许多难忘的时光。每天早读之前和晚上的自习课，我都会准时坐在班级讲台上，开启“班级守护者”模式；运动会上，我们一起在赛场上奋力奔跑、挥洒汗水，为了班级的荣誉拼尽全力；下雪天，大家齐心协力地扫雪，结束后再一起围坐着喝热气腾腾的奶茶，分享彼此的小秘密；还有那令人回味无穷的学校对面的老妈手擀面，大家坐在桌前，一边大口吃面，一边谈天说地；因为我的名字与“炒饭”谐音，好朋友还给我起了一个可爱的外号叫“小炒饭”。

在爱的祝福中，有时候还会发生一些趣事。还记得在我生日那天，同学们给了我一个大大的惊喜。一大早，我便发现从华天酒店门口一直到学校侧面，都布置上了喜庆的红色条幅，沿途还藏着各种各样的小惊喜。走进教室，我的书桌和座位上堆满了礼物，每一份礼物都饱含着同学对我的祝福和心意。放学的时候，几个“壮汉”同学主动请缨，一人拿着一个黑色大垃圾袋帮我装礼物，然后扛着沉甸甸的袋子护送我到西门。路过收垃圾的大爷时，大爷一脸疑惑地喊道：“孩子孩子，别走过了，垃圾扔这儿就行！”我们先是一愣，随后大笑起来，向着西门飞奔而去。

夕阳的余晖洒在我们身上，天边的晚霞绚丽多彩，红的、橙的、紫的交织在一起，亦如我们七彩的梦。微风轻轻拂过，带着丝丝甜蜜，连风中似乎都弥漫着青春畅快淋漓的味道。时光如果能够定格在这一刻该有多好……

不知不觉间，高中二年级悄然来临，现实的难题如同一堵高墙横亘在我面前。若我选择踏上艺术学习之路，就必须在高二伊始，开启为期一年的专业课集中学习。但这也就意味着，在这段时间里，我的精力将被大量分散，文化课的学习必然会受到不小的冲击。一边是心之所向的艺术梦想，一边是决定未来高考成绩的文化课，这艰难的抉择让我陷入了深深的纠结与迷茫之中。

那天晚自习，我再也无法静下心来学习。于是，我偷偷地一个人跑到了通往主楼的长廊。窗外透进来的微弱月光，在地面上投下斑驳的光影。我小心翼翼地蹦到了窗台上坐了下来，双脚悬空，轻轻晃动着。

我静静地凝视着墙上那些优秀校友的照片，不禁在心中默默发问：“你们在成长的道路上，是否也曾面临过艰难的抉择？是否也会感到迷茫和无助？我究竟该怎么选择呢？”

月光落在他们的照片上，给他们披上了一层银色的光辉，整个走廊都弥漫着一种静谧而又神秘的氛围。就在我沉浸在自己的思绪中无法自拔时，身旁突然传来了轻轻的脚步声。

我转头一看，原来是班主任黄老师。他的脸上带着温和的笑容，眼神里满是关切。黄老师走到我身边，顺着我的目光看向那些照片，沉默了片刻后，轻声说：“在看这些校友的照片呢？他们都很优秀，不过，他们也都经历过你现在的阶段。”

我的眼眶微微泛红，声音带着一丝哽咽：“黄老师，我真的很纠结。我喜欢画画，可又担心会耽误学习。”

黄老师拍了拍我的肩膀，语重心长地说：“孩子，无论何时，老师都希望你们越来越好。既然喜欢，就放手一搏，咱们十一高的孩子，在哪条赛道都不会差。”

听了黄老师的话，我的心中涌起一股暖流，一直以来压在心头的那块大石头似乎也轻了许多。我抬起头，看着黄老师坚定的眼神，用力地点了点头：“谢谢老师，我想，我拿好主意了。”

人生恰似一场盛大的旅程，虽有繁花相送，却也难免面临分别的时刻。就这样，我选择听从本心，背起画筒，踏上了艺考这条充满挑战与未知的专业道路。

初到北京，我住进了北京市通州区时代中学院内。爸爸妈妈将我安全送到学校后，妈妈又拉着我走进学校对面的大超市，精心挑选了一大堆我爱吃的零食，还特意为我选购了一个蓝色的搓衣板。我明白，她是担心我只有一只手，洗衣服时会力不从心。

“儿行千里母担忧”这句话所蕴含的深沉母爱，在那一刻具象化了。

在爸爸去老师办公室沟通我的考学方案时，妈妈默默地坐在教室的角落里，一声不吭地为我削铅笔。她专注地看着手中的铅笔，将不同型号的铅笔都削得尖尖的。当我看到笔盒里上下两层，从 HB 到 14B 的铅笔整整齐齐地摆放着时，泪水瞬间模糊了我的双眼。

从老师办公室回来的爸爸在一旁轻声说道：“削得再多，超凡终究有用完的时候。”

妈妈却无比倔强地回应：“能多用一天是一天，能多用一上午就是一上午，起码这笔尖里有我的祝福和对张宝的爱。”

听着妈妈的话，我再也抑制不住内心的情感，紧紧地抱住爸爸妈妈，泪水夺眶而出，我多么希望时间能够就此定格，永远不要松开他们的手，不想让他们离开。

面对陌生的环境和高强度的绘画学习，我独自一人在北京求学，满是艰辛与不易。

每天夜晚，当城市逐渐安静下来，我仍沉浸在绘画的世界里，直至凌晨。手中的铅笔不停地在画纸上摩挲，铅笔末不知不觉间已深深地嵌入手掌的每一条纹络。

每天晨曦初露，我便迎着微光，开启一天的学习。在画室的隔壁，我总会大声诵读英语课文，每一次发声，都仿若穿越距离的阻隔，我似乎能听见十一高的同学们琅琅的读书声在耳畔回响，让我能在这独自奋斗的时光里，也充满了有人同行的力量。

每个人在自己的学生时代，都会因为喜欢一位老师而爱上一门学科，我自然也不例外。我的英语老师，超级漂亮，那是一种众人皆认可的明艳动人。听说她毕业于十一高，在校时便是当之无愧的“校花”。在她的课堂上，我每一天都仿佛被爱与阳光温柔笼罩。被她点名背诵课文，哪怕背不下来，满心羞涩地站在座位旁，心间也会悄然涌起一股难以言喻的幸福感。

她的教学思路宛如清晰的导航图，让我把英语学成了“向上拉分”的学科。她时常教导我：“在英语学习里，单词是根基。单纯在白纸上机械地重复书写几十遍，极易遗忘。最好的办法就是跟随发音标准的音频大声朗读单词，同时深入剖析其词根词缀，就跟汉字的偏旁部首一样。这样，你的耳朵与眼睛同步接收信息，不管是应对听力考试，还是提笔进行英文写作，这个单词都能真的为你所用。”她的这些“学习秘籍”，帮我打通了“任督二脉”，让我把“哑巴英语”学成了“有声读物”。

而我的语文老师，她的温柔与细腻总会带给我无尽力量，她常以温暖的文字为我加油打气。她发来过这样的短信：“逐梦之路虽坎坷，但老师坚信，心怀热爱的你定能抵达成功。”

远在十一高的同桌小谷子，每天都会不辞辛苦地帮我整理试卷和错题。她会细心地将解析用不同颜色的针管笔写在每一道错题旁边，标注出重点和易错点。整理好后，便将沉甸甸的学习资料寄给我，还会附上一张粉红色的笑脸便笺，上面写着鼓励的话语：“加油，小炒饭，我们都在等你凯旋！”这些来自老师和同学的关怀，如暖阳般，照亮我在北京的求学之路。

日子一天天过去，因为考试在即，那年的除夕夜，我们没有春晚的欢声笑语，没有热气腾腾包了钱的饺子，没有家人的陪伴，有的只是笔落在画板上发出的沙沙声和几碗不同口味的泡面。

我望着泡面，忍不住嘟囔："以后我要去春晚现场，看看演播大厅究竟啥样！"旁边的温同学正吸着面，听我这么说差点喷出来，放下碗嫌弃地说："快别想了，赶紧吃面，吃完还得画速写呢！"他的话逗得大家哄堂大笑，笑完又迅速拿起画笔，继续为梦想拼搏。

报名考试那天，我背着大画板提着颜料盒坐着地铁赶往考场。恰逢北京天降暴雪，寒风刺骨。眼前的景象让我永生难忘：在大雪纷飞、寒风呼啸中，来自全国各地的上万名学子黑压压地整齐排列在考场前，肃然待考。那一刻，我在茫茫人海中渺小得仿佛一粒微尘，无根无系，那种无助与酸楚如潮水般涌上心头，让我的内心久久无法平静。

进入考场后，我才发现，这里竟然没有配备画架。面对这突如其来的状况，我心里咯噔一下，可短暂的慌乱过后，我迅速冷静下来。没有画架，我就用自己的身体"搭建"一个。我用残缺的左臂紧紧抱着画板的左上角，再用两个膝盖稳稳地夹着画板的两个下角，努力让画板保持平衡。为了能够精准地构图、上色，我不得不调整自己的姿势，一会儿前倾，一会儿后仰，身体的每一个部位都紧绷着，以保证画板不会晃动。

但长时间保持这样的姿势，让我的手臂和膝盖酸痛不已，汗水不停地从额头滑落，滴在画板上。监考老师注意到了我这艰难的作画姿势，片刻之后，她轻轻地将自己坐的椅子搬了过来，搭在我的画板后面，为我做支撑。

她轻声说道：“孩子，这样能轻松点，好好考。”

这简单的一句话，一个温暖的举动，让我觉得岁月不寒。

艺考结束后，距离高考剩下不多的时间。因为在北京学习花销太大，想到爸爸妈妈那些年创业的艰辛，于是我没有选择参加外面的补课班，而是在老师的帮助下，回到了十一高熟悉的班级。

老师们组成了“最强后援团”，轮流利用休息时间在办公室为我补习功课，老师还安慰我说：“你本来基础就好，咱们把简单题都做对，别犯低级错误，难题尽量一个类型一个类型地攻破，成绩肯定不会差。”同学们也都热情地帮助我，“知无不答”。下雨时，他们会贴心地帮我折叠雨伞，把雨伞叠得板板正正；中午时，会主动帮我订饭，为我节约时间好用于复习。在大家的帮助下，我的成绩每天都在进步。

终于，在2011年，我以美术特长生的身份参加了高考。

幸运的是，熬过了那段艰难的寒冬，命运的春风吹进了我的生活。我凭借扎实的专业功底和不懈的努力，以录取院校美术生第一名的成绩，考入了北京工商大学。

但这个结果也伴随着一丝遗憾，我与第一志愿中央美术学院失之交臂，是爸爸在这个时候告诉我：“超凡，生活恰似一幅充满留白的画卷，遗憾是其中不可避免的笔触。那些做错的题、丢掉的分数，或许并非命运的刁难，而是它的精心安排，为的是让你在人生的转角，遇见真正契合你的归宿。”这番话让我懂得，人生的每一段经历，无论圆满或缺憾，都有其独特的意义。

亲爱的学弟学妹们，学姐深知你们或许正处于考学的关键时期，那种全力以赴却成绩未达预期的焦灼与不甘，我感同身受。父母殷切的期望，以及自己对所谓成功的热切追求，交织成无形的巨大压力。但我想说，只要拼尽全力，就是青春的“正解”。

岁月如风，悄然吹过了八载春秋。

我在《一站到底》夺冠的时候，有人在百度贴吧问：“‘维纳斯女战神’张超凡到底怎么样?”评论区中有一条留言这样写道：“超级阳光乐观的女孩子！我是她的高中同班同学，我们班的班旗就是她设计的，又会画画，学习又好，十一高的优秀何须多言!”

我至今也不知道这个留言的人是谁，可这种“霸气的回应”让我感受到了一种难以言喻的温暖与自豪。那一刻，时光仿佛倒流回高中时代，那些和同学们一起奋斗、一起成长的画面在我脑海中不断浮现。原来，在不经意间，一个人的努力和闪光点可以被身边的人记这么久。

2019 年 9 月，在这个充满诗意与希望的时节，我怀揣着对往昔的眷恋与对重逢的期待，重回母校。

彼时，学校正举行开学典礼，我有幸受邀为学弟学妹们做一场励志演讲。同行的，还有中央电视台《加油！向未来》节目的导演组，他们将在演讲结束后为我录制全国总决赛的后援团视频。站在久违的演讲台上，面对台下数千双满含朝气与憧憬的眼睛，过往的点滴如潮水般涌上心头，那些奋斗的日子，那些温暖的瞬间，在这一刻都化作了我分享的力量。

演讲完毕，现场掌声雷动。紧接着，数千名学弟学妹整齐起立，他们的声音汇聚成一股强大的力量，响彻整个校园："我们是张超凡后援团，我们在长春！超凡一出，谁与争锋！"那激昂的口号，瞬间击中了我的内心，泪水在眼眶中打转，骄傲与感动交织。导演在一旁也不禁感叹："太震撼了！"

从操场返回主楼的途中，我再次路过了读书时的"心灵树洞"长廊。这里装修得更有韵味了，墙上的照片静静诉说着岁月的故事。校长微笑着与我同行，特意指向最显眼处校训的两侧。我抬头望去，一侧是备受敬仰的演员李幼斌的照片，而另一侧，竟是我的照片。

那年冬天，十一高党委书记带领着十一高的党员老师们，专程来到超凡教育集团开展主题教育活动。当他们踏入"超凡无障'爱'会客厅"，步入"超凡公益梦想课堂"，眼中满是触动与感慨。他们称赞道："超凡所做的，是'爱的教育'。"

在主题教育活动上，轮到我站在讲台上发言时，望着台下熟悉又亲切的面孔，我深吸一口气，缓缓开口："红楼高，绿树抱，沃土育芳草，一代学府，北国名校……"话刚出口，那些在十一高青春岁月里的欢笑与拼搏、关怀与鼓励瞬间将我淹没，我的声音不受控制地哽咽起来。

就在这时，我一眼看到了台下的黄老师和英语老师。他们的目光紧紧锁定在我身上，泪花在眼眶中闪烁，我想那泪光里蕴含的，是对我一路成长的欣慰，是多年师生情谊的深厚沉淀。

发言结束，书记快步走上前来，用力地拍了拍我的肩膀，郑重地说道：“超凡，昨天你以十一高为荣，今天你是母校的骄傲！”那一刻，我心中百感交集，一路的坚持与努力，在这一刻有了最温暖、最动人的回响。

如今，母校即将迎来八十周年校庆。在这个意义非凡的时刻，我怀着无比感恩的心情，写下这篇文章，以铭记母校的培育之恩。衷心祝愿每一位老师身体健康、工作顺遂，桃李芬芳满天下。

我也想对亲爱的学弟学妹们说：这是属于我们每一个人独一无二的青春，就该像哪吒闹海一样，掀翻平庸，不惧风浪。成绩不是唯一的衡量标准，热爱才是奋斗的方向。大胆去追，用力去闯，未来的舞台，你们就是最耀眼的光！

第二辑

青春做伴，何惧霜雪

身处人生低谷时，头顶天空的大小，取决于凝视它的高度。

从大学演讲舞台上的破茧成蝶，用语言传递力量；到支教时光里的真心付出，在山区播撒希望的种子；到登上各大舞台，成为拥有百万粉丝的90后励志榜样；再到创业途中的九死一生，渡过重重难关……所有的荣光，也伴随着不堪回首的过往，在孤寂的时间里，只有逼着自己去成长。

翻开记述我从大学到创业中期经历的一辑，与我并肩踏入那段满溢着炽热与刺痛的青春岁月吧！万物皆有裂痕，而那正是光照进来的地方。

演讲：用真诚故事敲响心灵之门

你还能够回想起自己第一次上台发言时的情景吗？是演讲台上为梦想激情发声，是公司年会里聚光灯下的自信展示，还是表白时倾诉炽热情感的瞬间？又或者，你是“社恐”的一员，偏爱在自己的小世界里自在宁静？

在口才锻炼的旅程中，我属于启程较晚的那个。但幸运的是，即便起步晚，我也从未停下脚步，每天进步一点点。这篇文章，我想和大家分享我从一个面对舞台就紧张得瑟瑟发抖、说话“大舌头”的“演讲小白”，到在生活中依旧“社恐”但在聚光灯下可以变身“演讲达人”的故事。

希望我的经历能给同样渴望用语言讲述生活的美好、渴望在舞台上绽放光芒的你，带来一点点启迪，找到自己喜爱的语言表达方式。

在大学中，论学生喜爱的集体活动，非常热闹的“百团大战”绝对能排在前列。

所谓“百团大战”，就是校园里各类社团为吸纳新成员，纷纷使出浑身解数展示社团风采，为同学们提供展示个性与才艺的广阔天地。放眼望去，社团种类繁多，让人眼花缭乱。有英语社、戏剧社，有轮滑社、篮球社，还有有趣的星空社，会定期组织社员外出观星，探索宇宙的奥秘。

我置身其中，就在我面对众多选择，左思右想拿不定主意时，不经意间抬头，一幅醒目的条幅映入眼帘，上面写着：“会说话，得天下！演讲与口才协会欢迎你的加入！”这霸气的口号，还有协会成员整齐的队列，瞬间吸引了我，让我着魔般停下了脚步。

我心里暗自盘算：“这个好啊，不用准备什么装备，只要人去就行，简单又省事，而且这恰恰是我最不擅长的，正好可以从头学起。”于是，我当场填写了社团报名表，正式成为演讲与口才协会的一员。

演讲与口才协会的指导老师田建华教授，是我在大学时期极为喜欢与敬爱的恩师。细心的朋友或许会觉得这个名字有些熟悉，没错，她正是为我的第一本书《生活总会厚待努力的人》写序的田老师。她是中国人民大学的法学博士，她浪漫、坚毅、热情又果敢，在她眼中，我们都是她疼爱的孩子。

田老师在演讲领域有独到的见解，她常说：“演讲也是一门学问，它绝非简单的话语堆砌，而是情感、逻辑与表达的精妙融合。”每次培训，她都会细致拆解演讲的各个环节。从演讲稿的撰写，教我们如何巧妙构建逻辑框架，让观点层层递进、引人入胜；到肢体语言的运用，她会亲自示范，告诉我们怎样通过自然且恰当的动作，增强演讲的感染力与说服力；在发声技巧上，她更是耐心指导，从气息的控制，到语调的抑扬顿挫，让我们明白声音能传递出强大的力量。她的每一次指导，都精准且实用，给我们打下了牢牢的基础。

每次演讲培训结束后，她总会塞给我一大兜好吃的，让我带回宿舍和大家分享。那果冻和酸奶的味道，让我至今回想起来仍甜到心里，庆幸自己能遇到这么好的老师。或许正是受田老师的影响，在后来我于长春理工大学工作的日子里，行事作风也不自觉地和她有了几分相似。

大一时，北京工商大学作为承办单位，与多所北京高校共同发起了北京市志远杯高校大学生联合演讲大赛。我怀揣着一股冲劲，鼓起勇气向组委会投递了个人报名表。初赛时，我才发现竞争异常激烈，选手有二百多人，他们个个都是北京市各高校的精英。有来自中国传媒大学播音主持系的专业选手，声音动听、台风稳健；有来自清华、北大的才子佳人，才华横溢、气质不凡；还有来自中国地质大学的气宇轩昂的国防生。和他们相比，我这个“演讲小白”显得有些微不足道。

但我没有退缩，我虽然没有很多演讲的技能，但是我可以以内容取胜。田老师说：“真人真事真感悟，才能写出动心动情的演讲稿。内容才是王道！”

于是，我决定把参赛演讲题目定为“用右手撑起一片晴空”。

回想起自己的童年，残疾、病弱和自卑如影随形，但学习速滑、绘画，让我逐渐摆脱这些沉重的枷锁，燃起了我对生活的希望和渴望，我凭借唯一的右手，磕磕绊绊地追逐着自己的少女梦。我也同样渴望成功、幸福、完整，更渴望能奉献自己，将内心的力量传递给那些对生活感到无助的人，给予遇到挫折的孩子们勇气。但我清楚，在稿子中不能只写苦难，我要让大家在听我的故事时，感受到的是希望与力量，看到的是一个沐浴在思想光辉中幸福快乐的我。

于是，我拿起笔，开始记录。那一阵子，北京多雨又寒冷，秋雨不停地下着，秋叶一片片被打落在地，零落成泥。写稿的那段日子里，我除了上课、吃饭和睡觉，就一头扎进教学区的图书馆。

为了提升自己的演讲能力，我尝试了各种训练方法。

每天天还没亮，我就早早来到学校操场的主席台上，练习贯口。清晨的学校操场空无一人，只有我的声音在空气中回荡。那一刻，我觉得整个世界都在倾听我说话，每一个字、每一个音节，都承载着我的梦想与期待。

在没有课的空教室，我一次次地打磨演讲稿，不断调整语速、语调、表情和肢体动作。有一次，后面来上课的老师看到我在练习，不仅没有打断我，还贴心地帮我打开电子设备配合我的练习，他说："只要你想说，咱们随时可以创造舞台！"虽然我并不认识这位老师，但他的话却深深地印在了我的心里，给了我莫大的鼓励。

那时候我打字慢，就习惯于先用黑色签字笔将初稿写在纸上，然后第二稿再用蓝色签字笔修改，第三稿再用红色签字笔修改，最后在勾勾画画中寻找最适合我的一稿，再用笔记本电脑逐字逐句打出来。这个过程虽然有点笨拙，但我真的很喜欢笔尖滑过纸张时产生创作灵感的感觉。

终于，总决赛的日子来临了。我扎着高马尾，穿着学姐借给我的黑色西装，心里默念着田教授告诉我的那句：“女孩子，无论什么时候，都要挺胸抬头，头顶蓝天！”我深吸一口气，镇定自若地走到讲台上，那一刻，我平静如水，仿若重生。在背景音乐《假如爱有天意》的烘托下，我开始了题为“用右手撑起一片晴空”的演讲。台下顿时发出一阵声响，大家将目光聚焦到我袖筒下的断臂上。“能够成为爱我的人的骄傲，是我今生最初和最大的梦想！”演讲接近尾声时，我几乎哽咽，泪花成了最好的结束告白。

竞赛礼堂短暂地沉寂了几秒钟后，突然爆发出雷鸣般的掌声，所有人起立为我鼓掌、喝彩。一位俊朗的外校选手走到我面前，彬彬有礼地说：“你好，超凡，我能抱你一下吗？”我不知所措地点点头，随即被他有力的臂膀抱起来，在原地转了一个圈。全场观众顿时陷入欢腾的海洋，随后，好多人来找我签名，其中一本高等数学的教材让我忍俊不禁，原来感动真的不分文理。

最终，我在这次比赛中获得了冠军。这个冠军对我来说，来得很“传奇”。它让我明白，任何时候都不必担心自己跑得慢，只要坚持下去，就能跑出属于自己的精彩人生；也不必担心出发太晚，错过了最佳时机，只要愿意开始，总会抵达想去的地方。

拿到北京市高校大学生演讲冠军这个“入场券”后，我有幸被选入了由北京市委宣传部、北京市教育工委联合举办的“我的梦·中国梦”宣讲团，登上清华大学的礼堂演讲，还参加了全国大学生演讲大赛，获得诸多荣誉。

但这些都比不上在追求演讲梦想的过程中，我所收获的成长与内心的富足，我因此开启了一段全新的旅程。我带着满腔热忱，奔赴不同的地方，将自己的成长故事和内心感悟分享给更多的人。

我走进田间地头，与村子里的老党员们围坐在一起。他们有着饱经沧桑的面容，岁月在他们脸上刻下了深深的痕迹。我与他们分享我的经历，老党员们听得聚精会神，时不时微微点头，眼中流露出对我的认可与鼓励。我也同样喜欢听他们的故事。那一刻，我感受到了他们对生活的热爱和对党的忠诚，也从他们身上汲取了无尽的力量。

我踏入武警部队的营地，与年轻的战士们面对面交流。他们身姿挺拔，眼神坚毅，浑身散发着军人特有的气质，他们雷鸣般的掌声更是让我难忘。我和他们畅谈青春与梦想，战士们的目光中闪烁着光芒，他们的热情回应让我明白，青春无论在何处，都能绽放出耀眼的光彩。

我穿梭在学院路上的每一所高校，面对朝气蓬勃的同学们，我分享着：“想要就去争取，我们天生就是战士！”台下的同学们眼中满是对未来的憧憬和渴望，他们的掌声和欢呼声如同海浪一般，一波接着一波。

我有幸入选“圆梦中国人”报告团，在人民大会堂代表中国青年为梦想发声……每一次经历都是青春向上的符号。

后来，我参加了一些演讲培训，学到了更多演讲技巧，让我的演讲水平有所提升。但在我看来，技巧像是“1”后面的“0”。而那个最关键的“1”，是故事本身，是演讲的内容。毕竟，唯有真实故事能触动人心，唯有真诚情感能引发共鸣。

所以，亲爱的朋友们，不要因为自己有口音，就觉得自己不够好，不敢开口表达；不要因为担心自己站姿呆板，没有肢体动作，就选择沉默不语；更不要以为舞台只属于那些专业人士。当我作为优秀校友回到学校，站在2025年北京工商大学毕业典礼的良乡操场上时，与我眼前千张年轻面孔重叠的，是十年前那个在操场上反复练习平翘舌的自己——那女孩正隔着时光与我相视而笑。

舞台是公平的，它属于每一个有梦想、有勇气的人。无论你是谁，无论你来自哪里，只要你心中有话想说，有梦要追，舞台的大门就永远为你敞开，即使那个舞台没有聚光灯，我们也要给它点亮一盏心灯。

让我们都勇敢地去做最真实的自己，说真话，付真情，将每一次的开口当作一场心灵的奔赴，让每一句言语都化作成长的印记，在这美好的青春岁月里，不留下任何遗憾。

◎ 在台上为梦想发声

支教时光：给予也是一种收获

真心，最纯粹也最可爱。

世间的感情，无论亲情、友情还是爱情，都是相互的。想要收获喜爱，就要先付出真心；想要收获成功，就必须先付出努力。

有一首歌，或许我们在读书的时候都曾经听过，那便是《北京东路的日子》，一转眼这首歌已经发行十几年了。听着熟悉的旋律，也让我回到了在北京房山区大石窝中学支教的日子，回到了那段人与人将心比心、以心换心、彼此珍惜、相互喜欢的纯净时光。

仍记得那年盛夏，北京仿佛一个巨大的蒸笼，气温飙升至42℃。宿舍里，炽热的空气让人喘不过气，老旧的电风扇吱呀吱呀地拼命摇头，送出的风却都是温热的。

彼时，我窝在宿舍那紫罗兰色的大沙发里，对来之不易的大学生活的珍视，为我驱散着难耐的暑气。这时，宿舍的“大姐”在QQ群里看到学院正在征集去山区支教的志愿者。听说山区极度缺乏音乐和美术老师，大家的目光纷纷聚焦到我们艺术与传媒学院。看到这条消息的瞬间，我的脑海中有一道灵光闪过，一个大胆的想法破土而出——我要报名，成为那片山区需要的美术老师。

没有丝毫犹豫，我拿起手机，拨通了辅导员徐老师的电话。或许是因为刚入学不久，他对我还不够熟悉，又或许是出于对我身体状况的担忧，毕竟山区条件艰苦，他担心我难以适应，他的话语里满是关切与犹豫：“超凡啊，这件事你可得再好好琢磨琢磨，山区的环境和咱们这儿可大不一样，我怕你身体吃不消。”

但我骨子里有一股不服输的劲儿，一旦认定了的事，就绝不会轻易放弃。“徐老师，我已经想得很清楚了，我真的特别想去。”我坚定地回应道。

可徐老师还是不放心，继续耐心地劝着我。我知道他是为我好，可心中的渴望愈发强烈。于是，我干脆放下电话，迅速拿起小书包，匆匆跑出宿舍。

烈日高悬，散发着无尽的威力，仿佛在考验着每一个人。我穿过学校的天桥，朝着教学区的教师办公室奔去。短短十几分钟的路程，却让我大汗淋漓，汗水湿透了衣衫，每一步都像是踩在滚烫的炭火上。

终于跑到了办公室，徐老师看到我气喘吁吁、汗流浃背的模样，连忙让我坐下歇口气。他一边递来纸巾，一边无奈地说：“超凡童鞋，你这孩子怎么这么倔呢，我是真担心你啊。”徐老师是个地道的南方人，他会把“同学”的音发成“童鞋”，以往我们私下里总爱模仿打趣，可此刻，我却只感受到满满的关心。

缓了缓神，我看着徐老师，认真又诚恳地说道：“徐老师，高中的时候，我摘抄过一段话，当时不太懂，可现在我好像明白了。‘人生的最大意义不在奔赴某一目的，而是在承担每个过程。’我特别想在这青春正好的年纪，去勇敢地体验一下支教的过程，不想给自己的青春留下遗憾。”

徐老师静静地看着我，眼中满是纠结。许久，他轻轻叹了口气，点了点头，说：“行吧，超凡，老师看出来你的决心了，那我就帮你办手续。不过你可得照顾好自己，有什么困难一定要及时说。”

终于，我如愿以偿，踏上了支教的征程。

大石窝镇，地处北京西南房山区的边缘地带，地理位置虽不是特别偏僻，但也远离城市的繁华喧嚣。这里的经济发展水平不算高，整体氛围宁静质朴，岁月在这里仿佛流淌得格外缓慢。

在教育资源方面，当时整个镇上仅有两所中学，承载着这片土地上孩子们的求知梦想。命运的丝线轻轻一牵，我便被分到了其中的一所。

支教的第一天，我们从开着空调的大客车中走下，一股热浪扑面而来，那股炙热的烘烤感，让我们觉得再多在这日光下站立一分钟便会被烤化。大石窝中学的老师看到我们的到来，眼中满是欣喜，热情地迎了上来，随即就带着我们前往“宿舍”。

当我们踏入那所谓的宿舍时，眼前的景象让大家都愣住了。“这……这不是教室吗?”“我们不会要睡在这些用桌子搭成的大通铺上吧?”同伴们的惊呼声此起彼伏。

大家看着成排的课桌，还有那孤零零的“光杆司令”电风扇，都惊呆了。一个女生下意识地用手反复揉搓着怀里的凉席，小声嘟囔着:“这也没带褥子啊，就一个凉席可怎么睡呀?”

中学的老师面露歉意，解释道:“孩子们，咱们中学条件有限，学校没有专门的宿舍。本来想着让支教老师住在学生家里，可又考虑到大家每天都得走起码一个多小时的山路，实在不忍心。这是我们挑选出来的通风最好的两间教室，临时给大家改造成了宿舍，希望大家别介意。”

一同来支教的丁丁，是个地地道道的北京姑娘，一头蓬松的长发，每次看到她，我都隐隐觉得她特别像我小学时的班主任“小狮子”，率真爽朗。她第一个打破了现场的尴尬气氛，啪的一声把拉杆箱往地上一放，伸手从箱子里薅出被子，递给那个没带褥子的姑娘，说道:“你们先别忙乎，我可先挑地方啦，这个被子给你，我还有一条毛巾被呢。”

在丁丁的带动下，大家纷纷行动起来，开始铺床。十多个人挤在一个大通铺上，热闹非凡，一个人翻身，整排人都跟着晃动。

夜晚悄然降临，我突然想要去洗手间，准确地说，应该是去“茅厕”，因为它在室外，需要穿过学校的操场。黑暗中，我一个人根本不敢去。好在，丁丁和盼盼立刻起身，愿意陪我一起。我们仨打开手机手电筒，微弱的灯光在黑暗中摇曳，与四处飞舞的小飞虫交织在一起。那一刻，我心里不禁泛起一丝涟漪，突然无比怀念大学宿舍里的厕所。

回到房间，大家开启了“夜谈会”。有人小声抱怨着条件太差，想要回家；有人满心好奇，猜测着明天的孩子们会不会喜欢她设计的课程；还有人满怀期待，讨论着明天的早餐会吃些什么……

清晨的阳光透过斑驳的树叶洒在地面上，我在忐忑中迎来了新的挑战。出发前，我在镜子前反复整理着装，深吸一口气，试图平复紧张的心情，随后大步朝着教室走去。推开门，我迅速调整好状态，我站在讲台上，微笑着向大家介绍自己。孩子们起初都礼貌地喊我张老师，随着相处的时间越来越长，彼此熟络起来，他们便开始亲切地喊我小凡姐姐。第一节课，我教学生们规范地写好自己的名字。我认真地对他们说：“在任何时候，都要认真对待自己的名字，要写端端正正的中国字，做堂堂正正的中国人。”

我拿起粉笔，在黑板上一笔一画地写下全班二十四名同学的名字。孩子们都瞪大眼睛，凝视着黑板，许久没有说话。过了一会儿，一个小男孩站起来，有些害羞地说：“张老师，谢谢你。在俺们村，大家都叫我的小名柱子，从来没有人这么认真地对待过我的大名。嘿嘿，这让我突然有一种想要挺胸抬头的感觉。”他挠了挠头，阳光洒在他黝黑的脸上，仿佛点亮了他心中那盏自信的灯。

我深知，自信并非源于拥有多少财富，而是来自打开内心通往梦想的那扇门。只要打开这扇门，哪怕只有一点点的变化，都能感受到自己在进步；即便人生遭遇再大的挫折，也能重拾生活的勇气。

后来，在孩子们的画作中，我总能看到一个个写得工工整整的名字，那是他们与我之间无声却又深情的交流。

还记得第一节绘画课，阳光透过窗户，在教室里洒下一片片光影。我站在讲台上，向同学们介绍着那节课的绘画主题——梅花。

“孩子们，百花虽美，可我独爱梅花。”我缓缓开口，声音中带着温柔与坚定，“在寒冷的冬天，其他花朵都在沉睡，梅花却能独立寒江，迎雪绽放。它即便面对凛冽的寒风，面对厚厚的霜雪，也依然骄傲地绽放自己心中的那一抹红色。”

我拿起粉笔，在黑板上一笔一画地勾勒出梅花的轮廓。从粗壮的枝干，到含苞待放的花蕾，再到盛开的花瓣，每一笔都倾注着我对梅花的喜爱。

我一边画，一边讲解着梅花的特点和绘画技巧。

“看，这枝干要画得苍劲有力，就像梅花在风雪中坚韧不拔的身姿；这花瓣要画得圆润饱满，展现出梅花的娇艳与美丽。”

同学们都目不转睛地看着，眼神中充满了好奇和专注。我将粉笔递给前排的一个同学，让他试着在黑板上画一画。他有些紧张地接过粉笔，小心翼翼地在黑板上涂抹着。虽然线条有些歪歪扭扭，但他脸上认真的神情让我感到无比欣慰。“非常棒！”我鼓励道，“你已经抓住了梅花的神韵。”

在同学们绘画的过程中，我穿梭在课桌之间，耐心地指导着他们。我看到一个小女孩画的梅花颜色有些暗淡，便轻轻握住她的手，说道：“宝贝，梅花在风雪中绽放，它的颜色应该更加鲜艳，这样才能展现出它的生命力。可以再加点大红颜料，让它更漂亮。”

小女孩点点头，有点不好意思地说：“老师，我好喜欢听你叫我宝贝啊，声音超温柔!”在我的帮助下，她重新调整了颜色。不一会儿，一朵娇艳欲滴的梅花便出现在了画纸上。

孩子们拿起画笔，在画纸上勾勒出属于自己的红色，那色彩如同他们的青春一般，充满了生机与活力。有的同学画的梅花小巧玲珑，有的同学画的梅花则大气磅礴，每一幅画都蕴含着他们对梅花的理解和喜爱。看到他们的作品，我不由得回忆起自己在文化宫跟朱先生学国画的时光。

我把这些作品都贴在班级后面的墙上展览，对同学们说：“孩子们，以后当你们遇到困难想要退缩的时候，就回头看看墙上你们画的梅花。那迎雪绽放的梅花，就是奖励给每一个勇敢者的小红花。”

日子一天天过去，学生们对我的喜爱与日俱增。他们会给我带来家里的美食，有娘包的茴香馅包子、茴香馅饺子，还有现烙的茴香馅大馅饼。

一个孩子瞪着亮晶晶的眼睛对我说：“小凡姐姐，你知道吗?我可喜欢看你笑了，特别治愈。我现在一睁开眼睛，就盼着赶紧上学见到你。”

另一个小胖娃连忙接着说：“小凡姐姐，那你会离开我们吗？”我还没来得及回答，正想着怎样说才能不让他们难过，小胖娃就挎住我的胳膊，笑嘻嘻地说：“小凡姐姐，你总有一天会离开的。但你别难过，你就像童话故事里的白雪公主，我们都是你的小矮人，会一直一直守护着你。”

那一刻，我的眼泪在眼眶里打转，差点夺眶而出。我从未想过，有一天会被这群如同天使般的孩子们如此喜爱、保护和祝福，这是我付出所有热忱后收获的专属的爱。

离别的那天，天空阴沉沉的，仿佛也在为我们的分别而感伤。

举行完送别仪式后，孩子们纷纷围过来，抢着让我在他们的T恤衫上签名。每一个签好的名字背后，都藏着一段珍贵的回忆；每一个字，都是生活馈赠给我们的独一无二的故事。

蒙蒙细雨淅淅沥沥地下着，为我的眼泪提供了藏身之处。孩子们帮我提着行李箱，一直把我送上车。一个孩子小心翼翼地塞给我一个用塑料袋包了好几层的大馅饼，我轻轻一闻，就知道是茴香馅的。曾经，我最不喜欢吃茴香，可此刻，这股熟悉的味道却成为我心中最难忘的记忆。

车子缓缓启动，我透过车窗，回望那条蜿蜒的山路，它或许会在未来无数个夜里，成为我魂牵梦萦的地方，而那萦绕在鼻尖的茴香味道，也将永远伴随着我，在岁月的长河中，不断回响着爱的旋律。

如今，我仍会时常想起在大石窝支教的日子。

当我第一次站在那简陋的讲台上，望着孩子们那一双双充满渴望与好奇的眼睛时，我从未想过，这段旅程会带给我如此多的感动与成长。我以为，我是那个给予者，是为孩子们传递知识与力量的引路人。然而，在与他们相处的日日夜夜中，我渐渐明白，真正被点亮的，竟是我自己。孩子们的每一个微笑、每一次进步、每一句充满童真的话语，都如同点点繁星，汇聚成了照亮我内心的那束光。或许，我们人生中的每一个选择，都在定义着我们究竟是谁。

他们对知识的渴望，让我感受到了自己存在的价值；他们毫无保留的爱，温暖了我的灵魂。孩子们用他们最纯真的情感，为我点亮了心灯，让我找到了属于自己的信仰——用爱去传递希望，用温暖去滋养渴望成长的心灵。如此真心相待，甚是美好。

◎ 在长春市哈达小学公益支教

吉人回乡，“艺”往无前

每个人的青春，起初都怀揣着一股“初生牛犊不怕虎”的劲儿，渴望证明自己。我时常在想，人生的意义究竟隐匿于何处？或许，就藏在那些为梦想全力以赴的热血瞬间。

在大石窝中学的支教经历，让我在心底燃起了一个滚烫的梦——办一所学校，给特殊群体的孩子逐梦艺术的机会，让他们看到艺术就在生活的烟火里。怀揣着这份青春的炽热，我义无反顾地踏上了创业之路。

赵老师，是我大学时期的班主任，更是引领我踏上创业之路的启蒙恩师。初次见面的场景，在我的记忆里至今清晰如昨。

开学第一天，阳光轻柔地洒落在校园的每一个角落，为这个充满希望的地方镀上了一层温暖的光辉。我怀揣着对大学生活的憧憬与期待，踏入了报告厅。就在这时，一个身影映入我的眼帘，瞬间吸引了我的全部目光。那便是赵老师，她身着一件剪裁精致、质感上乘的黑色长裙，裙摆随着她的步伐轻轻摇曳，宛如流淌的暗夜星光。肩上随意搭着一条钴蓝色的传统藏式披肩，色彩的碰撞为她增添了几分神秘而独特的韵味。她一侧的头发柔顺地挽在耳后，露出白皙如玉的侧脸，几缕碎发自然地垂落在脸颊旁，使她更显温婉动人。她嘴角挂着和蔼可亲的笑容，静静地站在报告厅的门口，等待着新同学的到来。

在熙熙攘攘的人群中，她像一朵在微风中静静绽放的莲花，清新脱俗，那份优雅的气质让我不由自主地在心中默默祈祷，希望她能成为我们的老师。

站在讲台上的她，并没有跟我们强调什么学校建设、班级制度等这些稍显严肃的话题，而是从容大方地讲起了艺术美学、中国传统文化这些颇具美感的话题。那一刻我就知道，这位老师是如此与众不同。

在课堂上，赵老师注意到了我，她迈着轻盈的步伐走到我的旁边，轻轻俯下身，眼神中满是温柔，轻声说道："这么美的姑娘，生活都会喜欢你，何况是我？有时间欢迎到老师家里做客。"她的声音轻柔得如同春日的微风，带着丝丝缕缕的亲切与关怀。那一刻，她身上散发出的那种温暖而亲切的气息，让我漂泊的心瞬间找到了栖息之所。

后来我了解到，赵老师并非土生土长的北京人，却凭借着自己的智慧和努力，在北京这座城市生活得有声有色。她不仅是一位备受学生爱戴的大学老师，更是一家颇具传统精神的书院院长。她既能举办高雅精致、阳春白雪般的高端读书会，让文化艺术爱好者们在知识的海洋中尽情遨游；也能策划面向社区大众的公益诗词文化节，将文化的种子播撒在每一个普通人的心中。无论是生活还是事业，她都活成了自己向往的模样，成为我心中无比敬仰的榜样。

随着与赵老师的逐渐熟悉，我惊喜地发现，我们竟然有着相同的生日——3 月 24 日。这份奇妙的缘分，让我与老师之间的距离更近了一步。更令我感动不已的是，赵老师总是不遗余力地为我搭建各种难得的平台，让我能够不断锻炼自我、提升能力。她不仅支持我创业，还时常鼓励我，女孩子应该有属于自己的空间和事业。

她曾语重心长地对我说："生活的路很宽，而女人一定要有自己的追求。憧憬美貌，向往美好独立的生活，这是每一个人应有的信仰。活得漂亮，事情办得也漂亮，那么，纵然世间美女万万千，美丽芬芳千千万，你的举手投足、一颦一笑皆会成为别样的风景。"

大学的日子里，因为有了赵老师，让我在脑海中有了自由的成功女性的画像。

我大学的专业是数字媒体艺术，每天接触的软件是 3D、MAYA 和 PR。这些软件名称你听起来或许有些陌生，但如果我说饺子导演的《哪吒》系列就是用这些做的是不是就立马有了概念。饺子多年"死磕"一个镜头，在创作过程中，每个角色的表情都通过无数控制器细致微调，力求完美。这样的调试往往需要几十次，甚至上百次才能达标，有时还会陷入僵局，不得不推倒重来、另寻方向。

大学二年级起，我就精心规划起了自己的课程表，把所有选修课一股脑儿地集中安排在固定的两天。在这两天里，我就像上了发条的时钟：从第一缕阳光照进校园起，我便一头扎进课堂，一直到夜幕深沉；晚上下课后再到图书馆上个自习，之后才拖着疲惫却又满足的身体离开。我想让我的绩点足够高，高到我有底气去选择我的未来。

而在其余的时间里，我也丝毫不敢懈怠，我们学校大一至大三都是在房山区，只有到了大四才会回本部的海淀区。因为我实习得比较早，所以搭地铁、坐摆渡车，马不停蹄地穿梭于中央电视台《创业天使》栏目组和大学生创业就业联盟进行实习成了我的日常。

每逢重大节日，我还会协助赵老师一起为书院策划并举办活动。从前期的活动策划、场地布置，到中期的组织协调、人员安排，再到后期的活动总结、效果评估，每一个环节我都全身心地投入其中。在这个过程中，我的组织策划能力得到了极大的锻炼和提升。当看到每一位参与者脸上洋溢着灿烂的笑容，眼中闪烁着对知识和文化的热爱时，我的内心充满了成就感和满足感。那一刻，我多希望能把这份经验和快乐传递回我的家乡吉林长春，让更多的孩子也能绽放出这样纯真而美好的笑容。

经过两年不懈的实践与努力，我在学业上取得了优异的成绩。连续四年，我的综合成绩在全院名列前茅，始终保持着第一名的好成绩。我不仅获得了国家奖学金，还被评为北京市三好学生。按照这样的成绩，我本可以顺利在本校保研，继续深造。然而，命运的转折往往就在不经意间出现。一篇关于东北优秀人才大幅外流，美育教育严重缺失的文章，在我心中激起了千层浪。那一刻，我毅然决然地做出了一个决定：回家，回到那个生我养我，如今又迫切需要我的地方！

每个女孩，都有着属于自己的倔强和坚持。我深知自己的力量或许微不足道，但我坚信，做总比不做强！哪怕只是为家乡的教育事业贡献一点点微薄的力量，那也是有意义的。

面对我放弃保研的决定，家人的担忧之情溢于言表。虽然他们一直无条件地支持我的每一个决定，但作为父母，他们又怎么忍心看着我去冒险呢？为争取他们的理解和支持，我特意坐上火车，风尘仆仆地赶回了家。我与爸爸妈妈面对面地坐下，认真地向他们讲述了我的想法和决心。在一番深入的交流后，我们最终达成了共识：一边跨省考研回到吉林，一边在家乡筹备开学校。我知道，这将是一条充满艰辛的道路，但为了心中的梦想，为了家乡的孩子们，我愿意全力以赴，勇往直前。

我的大学好友徐和曾对我说："当你确定目标之时就是该发力的时候，谁都挡不住。"这句简单却充满力量的话，就像一剂强心针，更坚定了我创业的决心。

为了能够顺利回到家乡，为创业打下坚实的基础，我一头扎进了考研的备考中。我仿佛着了魔一般，将书店里所有相关的考研"终极"押题卷一股脑儿地买了回来，没日没夜地做着习题，小册子里的文字也被我一字一句地刻进了脑袋。坐高铁从北京回到长春的那漫长的六个半小时，我也丝毫没有浪费，趴在小桌板上争分夺秒地做题。车窗外的风景如幻灯片般快速闪过，而我却沉浸在知识的海洋里，这些“偷”出来的时光，对我来说格外珍贵。

回到长春后，我将创业的地址选在了长春市朝阳区昌平街西朝阳胡同的一处小楼。在我的设想中，这里将是一个兼容国学、国粹与艺术学习的书画院，我为它取名为“书山学府”，寓意“书山有路勤为径，学海无涯苦作舟”。我希望每一个走进这里的孩子，都能在艺术的海洋中找到属于自己的方向，不断探索，不断进步。

然而，刚一开始，我就陷入了装修与办手续的困境。在注册办手续的过程中，总会听到一些人说风凉话：“下海经商，整天要抛头露面，四方应酬，八面玲珑，折腾个啥呢？”这些话就像一盆盆冷水，不断地泼在我炽热的心上，但我选择屏蔽所有的声音，继续前行。

我把自己在大学期间兼职赚的钱以及参加比赛获得的奖金聚拢起来，作为创业的原始资本。但我心里清楚，这些钱对于实现我的梦想来说，只是杯水车薪。我精心制作了创业计划书，拿给几位叔叔伯伯看。他们在了解了我在北京的经历和一些成功案例后，觉得在长春开一个有品质的国学书画院或许是一个不错的选择，于是纷纷入股。有了他们的支持，我仿佛看到了一丝希望的曙光，觉得离梦想又近了一步。

但理想和现实之间的差距，远比我想象的大。我虽然擅长绘画，对艺术有着一定的见解，但对于装修工程却一窍不通。要把整栋楼按照我的设想装修成一个现代书苑，既要体现艺术性，又要符合消防安全的要求，这简直是难上加难。我就像一下子掉进了一个深不可测的旋涡之中，设计装修方案、选购建筑材料、安排工人施工、订购各种用具，困难如同潮水般向我涌来，多得就像小时候玩过的打鳄鱼游戏，打走一个，又会冒出无数个。

先是墙面漆体的颜色与设计图纸不符，施工方的失误将复古的青棕色调成了令人焦躁的棕红色，地面底板的面积也与实际需求不相符。这些突发事件使得施工不得不陷入停滞状态，最终只能推倒重来，前期的投入瞬间化为泡影。我咬紧牙关，追加投资，更换施工方，重新启动装修。然而，命运似乎并不打算轻易放过我。

那个夏日，长春的天气突变，一场暴风雨席卷而来。狂风呼啸着，仿佛要将整个世界都吞噬，豆大的雨点狠狠地砸在地面上，溅起高高的水花。门口装饰的灯笼和牌匾在暴风雨中被全部打烂，紧接着，由于装修期太短，墙体受潮，墙皮大面积脱落，施工方被迫再次返工。装修所需的投入不断加大，随着工期的延长，我手里的积蓄已经捉襟见肘，几乎到了山穷水尽的地步。

这个世界上，大多数人都只愿意和成功者分享喜悦，却很少有人愿意和创业者分担苦难。

就在我初创学校，极度苦闷、苦苦挣扎的时候，前期和我共同创业的五位合伙人失去了信心。他们极力规劝我放弃书山学府素质教育的创业理念，改为“短平快”的文化课课后班辅导。

因为离我们书院三十米就有一所长春很不错的高中，数千名的在校生，如果做文化课补习很快能有进账，或者改为收费自习室，还有股东提出拿出一部分空间租给茶馆，总之就是怎么盈利怎么干。但这些想法与我们的初心背道而驰，我坚决不同意。于是，在最艰难的时候，五位合伙人集体退股。我感到无比孤独和无助，仿佛整个世界都抛弃了我。

生命里来来去去，不知要经历多少过客，有些相遇也只是短暂停留。虽然资金已经透支，该有的装修和投入都已经产生了，但我仍然咬紧牙关签下借条，承诺会将合伙人的资金如数退还，包括他们前期投入的装修和购置办公用品的钱以及人员开支。我就当这是一场梦，从头到尾都是我自己要干。

或许这就是我，宁可自己受苦也不想“委屈”了身边的人。

但这无疑是最后一根压垮骆驼的稻草，学校一下子就到了破产的边缘。就在我感到绝望的时候，爸爸默默地站了出来。

那是一个阴沉沉的午后，天空中乌云密布，仿佛随时都会有一场暴风雨降临。爸爸一声不吭地把养老的房子抵押了，然后把银行卡递给我。他的脸上虽然带着微笑，但我能看出他眼中的疲惫和担忧。他怕我心里有负担，安慰我说：“创业的路上谁都会遇到磨难，这钱不是给你的，是我和你妈妈借给你的，或者算我俩入股也行，等张校长以后做好了是要还的。”

那一刻，我强忍着不哭，可泪水还是不受控制地夺眶而出。

在那横冲直撞的岁月里，每每遇到无法突破的瓶颈，爸妈都会拼尽全力拉我一把。我知道，他们也是凡人，他们也会害怕风险，但从我出生的那一刻起，他们就将我的梦想视为他们最大的梦想。

从接过银行卡的那一刻起，我就对自己说：一定要干出个模样来，让他们好好享福。

然而，现实的困境并没有就此结束。这些事情都是刚从大学的象牙塔里走出的我未曾经历过的，巨大的压力让我身心俱疲。因为着急上火，我的脸颊上起了一片痘痘，晚上焦虑得头疼欲裂，需要吃去痛片才能勉强睡上几个钟头。夜不能寐的时候，我会站在窗前向远处灯光闪烁的街道眺望。有时候，我会想起自己在7岁的时候学习滑冰的经历，早晨早早就要起床在黑暗的寒冬中奔跑，冰冷彻骨的风吹透了厚厚的棉衣；有时候，又会想到自己废寝忘食地学习绘画的经历，想到自己在北京求学的经历，想到在大年三十几个同学一起吃着泡面画速写，想到自己在大雪纷飞的北京参加万人会考的场景……月光下，我对自己喃喃自语道："就这么输了吗，张超凡？"

思考了好久，我的内心响起这样的声音："你有什么资格退缩，自从出生之日起，你就没有任何退路！你已经付出了那么多，为什么不再拼搏一次？你还没有输透！"

有时候，我还会想起爸爸对我说的一句话："受了再大的委屈，也要打碎了牙往肚子里咽，连血都一起咽下去。忍受不了孤独与背叛，就不可能成长。"

我深知，要想实现自己的梦想，就必须坚强地面对这一切。

为了让书山学府重新焕发生机，我决定开办国学公益大讲堂，为周边的市民讲授国学经典。没想到，这个活动大受欢迎，来听国学讲座的人越来越多，门口的车位都不够用了。从小学二年级的小朋友到60多岁的退休老干部，他们无一不是抱着对知识的渴望而来。

正当公益大讲堂办得火热之时，授课老师却提出了这样的要求：他要求每天车接车送，以后准备长期在这儿讲座，需要校方免费为他提供独立会议室和单独的高档午餐。看着讲座效果这么好，我一口答应了。不出一周的时间，全新的会议室和多媒体设施就全部配备完成。不管学校多忙，我都会提前一天安排好专车接送这位老师，有的时候甚至亲自陪同接送，唯恐怠慢。

可是，这位老师又开始提出更多要求，要我以万元为单位为他组织所谓的捐款，否则就离开这里。那一刻，我又迷茫了，说好的一起做点力所能及的事，怎么就变了样子？本该单纯的公益活动为什么会变得如此功利？反复思量后，我鼓起勇气拒绝了那位老师的要求。没想到，他称上课场地有限，无法再来上课，还私下里把很多学生转介到了其他学校，几个老师也受到影响跳了槽，刚刚成立不久的书画院一下子又陷入了瘫痪状态。

从合伙人撤资到老师散去，一波未平一波又起。我孤独地在书山学府无助地徘徊，没有目标，也没有希望，我甚至不知道自己该干些什么，能干些什么。就在我已经感到山穷水尽之时，一个电话打破了僵局，是我4岁时就跟着他学画的启蒙老师——朱臣先生！朱老师要来书山学府参观！

隔日，阳光终于穿透了厚重的云层，洒在昌平老街的街角。

朱老师来到了书山学府，他看到一座青棕色外立面的方形建筑物仿佛一块天工坠石般坐落在那里，砖影斑驳，古雅大方，虽处喧嚣之地却让人倍感遗世独立，周边树影婆娑，林下清风袭来……进入学府之后，回曲木制扶手，仿旧中式走廊，青萝披拂，水声泠泠。四壁上挂了很多我亲手绘制的国画，有山水、花鸟，还有很多名人题字条屏。内庭有一座图书馆，可以供人自由阅读，旁边几副棋盘，闲来落子手谈。

看到这么好的装修，朱老师赞叹我的魄力与能力，好一个书山学府！但是他也看出来我眉宇之间的踌躇，仔细一问才了解到我此前的惨淡经历。他淡然一笑，对我说道："超凡，其实你最不缺少的就是师资力量了！"

我吃惊地瞪大着眼睛，问道："为什么这么说？"

朱老师对我说道："远在天边，近在眼前啊！"

那一刻，我恍然大悟！是啊，朱老师不就是最好的国画老师吗？艺术学院的那些师兄弟、小师妹不都是最好的师资力量吗？

就这样，我不仅迅速组建了一支强大的师资队伍，还由于课程的不断创新，在附近小区引起了不小轰动，学生纷纷慕名而来。

我们这支创业队伍虽然年轻，但是我们可以依托新媒体的力量找到属于年轻人的"打法"。

于是，我们迅速召集团队利用新媒体搭建了微信公众平台、糯米课程团购，在书院开设了诗词国画体验课堂、亲子读书会等特色活动，书山学府就这样红红火火地办了起来。

我把这些年积累的经验都运用到了学校的经营管理中。我深知教学品质是重中之重，书山学府始终秉承“读书以明理为先，立身以至诚为本”的宗旨，将中国传统文化的精髓融入家庭教育和艺术教育，让学生在书画的艺术中感悟圣贤智慧。

生活总会厚待努力的人。在我全身心投入、用心经营下，书山学府历经一年的发展，成功实现盈利。凭借这份积累与信心，2017年，我又创立了艺凡艺术教育培训学校。25岁，我赚到了人生的第一桶金。

有时候回北京看望赵老师，我也会“轻描淡写”地跟她说说我创业的事，可作为看着我成长的老师，我的不容易她又何尝不知道。她说：“不管幸与不幸，都不要为自己的人生设限，以免阻挡了生命的阳光，我们的超凡，要一直从容美丽，自信善良。”

这世上没有做不成的事，只有不愿意去挑战的自己。

我相信，越过万水千山，经历坎坷困顿，每个人都会遇见最勇敢的自己。从岁月里借来的那段时光，冠之以努力的名字，我们没有把自己复制成任何人，而是活出了自己想要的模样，难道这不算是最大的成功吗？

◎ 书山学府创业期间受《焦点访谈》专访

◎ 通过精彩答题为贫困学生捐资

《一站到底》：以一敌八，想要就去争取

生活，宛如一本情节跌宕起伏的故事书，每一页都可能藏着意想不到的惊喜，每一次翻页都预示着新的可能。

那天，我正在工作室忙碌，突然，手机铃声急促响起。我拿起手机，屏幕上显示着一个外地的陌生号码。犹豫片刻后，我按下了接听键。“你好，请问是张超凡吗？我是江苏卫视《一站到底》的导演，我们看过你在CCTV-2《惊喜连连》的表现，导演组都超喜欢你在舞台上展现出的阳光与力量。请问你愿意来参加我们的节目吗？”

2015年，江苏卫视的益智攻擂节目《一站到底》正处于收视的巅峰时期。这档节目凭借新颖的形式、激烈的竞赛、丰厚的奖项以及环环相扣的悬念，一经推出便迅速冲上了收视率排行榜的榜首。

节目由著名主持人李好和郭晓敏夫妻联袂主持，这对搭档不

仅为节目增添了别样的魅力，他们的巧妙互动也让观众时不时地在紧张的答题氛围中感受到别样的趣味。

工作人员加上了我的QQ，并发来一套海选测试题。当我打开试题，才发现内容涵盖极广。有金庸武侠问题，比如“段誉用于逃命的神功叫什么名字”，答案自然是“凌波微步”；还有时尚前沿的穿搭风格判断、复杂的金融术语解释，以及那些千古流传的古诗词填空。答题时，因为时间有限，题量又大，我必须在不同知识领域间快速切换思维，展开一场“头脑风暴”。好在凭借平日里的积累，我最终以高分脱颖而出，获得了前往南京参加《一站到底》现场角逐的资格。

在飞往南京的飞机上，我也不知道该准备些什么，毕竟知识是无穷无尽的。索性就准备几句“获奖感言”和“淘汰感言”，无论比赛结果是输是赢，好歹都能给大家留下一个“出口成章”的好印象，也算是给自己这场旅程添一份底气。

那时候的《一站到底》已经升级到了“竞速时代”。每个人都有自己的“站位”。如果是第一个上场答题，就意味着要打败全场八名超级选手才能获得胜利，中间容不得一丝失误；而如果是最后一个被选中，只需打败对面的那个人，就能获得对方身上之前赢得的所有奖品，并走向冠军领奖台。

直至上场前，我才得知自己就是那个最“幸运”的女孩，站在舞台正中间，我要第一个选人，第一个答题。化完妆，我就直接穿着我妈妈的蓝底豹子头平底鞋上场了。心里想着，我一个穿平底鞋的，不信熬不过你们穿高跟鞋的。

我站在比赛场地中间，四周强敌环伺，面前是八位应战方选手。那一刻，只有站在现场，才能够感受到那种扑面而来的紧张与“杀意”，像是古罗马斗兽场的角斗场景。

第一个与我对阵的是来自宁夏的杨小姐，她是个自带喜感的“人来疯”，开口几句话就把全场观众逗得哈哈大笑。但我丝毫没有因为她的幽默而放松警惕，在第一局中，我没有给对手一丝喘息的机会，以 8∶3 的比分干净利落地将她淘汰。

第二个上阵的是自称“宁可食无肉，不可居无书”的郭先生。他谈吐不凡，是一位地产经纪人。在答题过程中，他思维敏捷、旁征博引，一度与我打成平手。我聚精会神、振奋精神，完成了第一次三连击。当金色连击出现的那一刻，我感觉自己仿佛被点燃了斗志，最终以 8∶5 的比分超越他，拿下第二局。

紧接着，第三个上场的选手是非常有观众缘的名校“学霸”张智炜。他少年时家境贫寒，靠着出色的天资获得了基金会的资助才得以继续上学。经过刻苦努力，他在高考中成为当年所在地区的状元，考入了同济大学。他不仅心智超群，还擅长说唱表演，一段自编自导的嘻哈 Rap 赢得了满堂喝彩。

当蓝白相间的聚光灯打在我们身上，第三轮对决正式展开。我们都有着对胜利的渴望，比赛进行得异常艰难。我虽然开始时领先，但随后几次被追平比分，甚至在手握赛点的情况下，被对方追到了 7∶7 平，只要我稍有失误，就会前功尽弃。此时的我，仿若置身悬崖边缘。“一定要冷静！”我在心底反复告诫自己。在对方将比分追到了 8∶8 后，我通过一轮二连击，以 10∶8 的比分险胜他！

第三轮对决结束后，我们两人因为童年时都经历过苦难，惺惺相惜，智炜哥摘下了戴在身上的一柄哨子，送给了我。那一刻，就像电视剧《花千骨》中的圣君杀阡陌将骨哨送给花千骨一样。带着他的祝福，我坚信自己可以一往无前！

《一站到底》有一个规则，选手每打败三个人，就会面临一次选择，可以选择带着奖品离开，也可以选择继续答题——但如果在后续答题中不慎失败，所有的奖品都会转移到获胜方身上。当主持人问我作何选择时，我不假思索地说道："想要就去争取，我们天生就是战士！我的选择是——冲！"

于是，在接下来的对决中，我一路过关斩将，顺利地战胜了特警女战士申女士，挑落了长沙才子易先生，击败了名校才女赵小姐，迎来了最强对手——来自南京的王先生。

王先生是英国名校纽卡斯尔大学的心理学硕士，他深谙竞赛选手的心理状态，采用了奇特的"暴喊战术"。他答题时发出狂野的嘶吼，一方面让自己达到极度亢奋的状态，利用生理极限反应在抢答过程中占据主动权；另一方面也试图让对手内心产生畏惧和波动，从而乘虚击败对手。

果然，他的"暴喊战术"一开始就十分奏效，一轮五连击让我有些措手不及。但我告诉自己："只要还有题，我就绝不能认输！"我迅速冷静下来，调整状态采取主动进攻的态势，决定"以彼之道还施彼身"，也采取了"暴喊战术"。只要会的题，我就大声喊出来，越喊越兴奋、越投入，几乎把战术演绎成了"暴

◎ 在《一站到底》的舞台上

吼战术”。我们两人就像捉对厮杀的斗士，拼命地大声吼叫。最终，我的正确率更高一些，成功击败了他。虽然苦了观众的耳朵，但我相信大家应该看得十分过瘾，这就是现场角逐的魅力所在，不到最后一道题，永远不知道谁才是赢家！

此后，尽管身体已经非常疲惫，但我绝不能让最后一个对手“轻松夺冠”。最终，我在众人紧张的屏息中击败了最后一个对手，成功完成了以一敌八、全部“击杀”的辉煌战绩。此时，竞赛场上只剩下我一名选手，我成为单场的冠军！

主持人再次来到我面前提醒，接下来我有两个选择：一是可以带着今天赢得的所有奖品，在掌声中风光离场；也可以选择挑战最后一关——五道题，每题必须答对。如果挑战失败，会失去前面所有的奖品，但如果挑战成功，不仅奖品会更加丰厚，还可以成为全新的擂主。

那一瞬间，我的内心被熊熊燃烧的火焰点燃，我只想勇往直前，去看看山顶的风景，即便跌倒，也要姿态豪迈。

于是，我坚定地说："想要就坚持到底，我们终将会成为'站'神！所以我的选择是，挑战它！"令人窒息的五连击快速问答开始了，此刻，我的头脑异常冷静，第一次感受到了"人题合一"的奇妙感觉。我干脆利落地答对了三道题，第四道题让我稍稍迟疑了一下，我迅速梳理思路，涉险过关。最后一题，主持人郑重地顿了顿，用缓慢的语调念出题目："哪位诗人曾说'我有三只耳朵，第三只专门用来倾听大海的声音'？"

听题后，我会心一笑，这位诗人是一位真正的战士，他浪漫而自由，把自己的一生都奉献给了人民的解放事业，他就是——聂鲁达！

随着答案脱口而出，全场欢腾。主持人与我紧紧相拥，此时此刻，电视节目的收视率达到了全国第一的峰值。

那次夺冠之后，我在《一站到底》的舞台上留下了浓墨重彩的一笔。很多网友说，看到我，仿佛看到了不屈的生命正在迎难而上。节目播出后，我也在不到两个月的时间里，成为全网拥有百万粉丝的"大满贯女站神"。

我夺冠后，共青团长春市委宣传部第一时间发了一篇名为《长春姑娘张超凡登顶〈一站到底〉"大满贯女站神"》的文章，看到后我觉得这是来自家乡的祝福，或许也就是从那时起开启了我和共青团之间的缘分。

岁月不居，时光易逝。《一站到底》始于 2012 年，经历了 2021 年 9 月的停播后，它于 2024 年再度回归。

每当重临南京的街巷，或是空气中飘来鸭血粉丝那熟悉的香气，记忆的闸门便悄然开启，那段与《一站到底》相知相伴，以及和我第一批粉丝相识相惜的时光，如潮水般涌上心头。

于我而言，《一站到底》早已超脱了一档节目的范畴。它是勇往直前的信念灯塔，在岁月的长河中熠熠生辉，照亮我前行的漫漫征途。正是在这个舞台上，我真切领悟到“天外有天，人外有人”“学无止境”的深刻内涵。在《一站到底》的舞台上，我历经无数次挑战与考验，品尝过胜利带来的喜悦，也饱尝过失败的苦涩。然而，每一段经历都如同砥砺的基石，让我在成长中变得愈发坚强，也让我内心的自信逐渐充盈。

这些年来养成的读书的习惯，也成了我收获的一笔巨大财富。

每当夜幕降临，结束一天的忙碌，我总会惬意地洗个热水澡，而后将手机调至震动，轻轻放在书桌一侧。伸手打开那盏心爱的绿色复古台灯，柔和的暖光瞬间倾洒而出，为整个房间镀上一层温馨的滤镜。我便窝在柔软的座椅里，翻开一本散发着淡淡墨香的纸质书，沉浸其中，悄然扫去一天的疲惫。第二天清晨，我会迫不及待地与家人分享几句昨晚读到的动人故事或精妙佳句，那些知识，仿佛就这样自然而然地刻在了脑海深处。

手机需要充电，人亦如此，而我深信，书籍便是我们最好的

“电量”来源。亲爱的朋友们，从今天起，请把阅读当作日常习惯，用书籍为心灵充电。这世界有一样东西永远不会辜负你，它的名字叫知识。让我们在这瞬息万变的时代，始终保持清醒与热爱，将生活“一站到底”！

《开讲啦》：老天自有安排，老天也爱笨小孩

“哎哟往着胸口拍一拍呀勇敢站起来，不用心情太坏，哎哟向着天空拜一拜呀别想不开，老天自有安排……”

当熟悉的旋律响起，那富有感染力的节奏与真挚的歌词瞬间穿透耳膜，将人拉进了充满热血与梦想的奋斗岁月。没错，这首歌就是刘德华的《笨小孩》。

或许，这首歌对于不少90后、00后而言，并非伴随成长的主流旋律，我第一次主动在网上搜索这首歌，是在看完《开讲啦》那期“刘德华：给世界一个微笑”的电视节目之后。

那期《开讲啦》的录制现场，舞台上，灯光璀璨夺目，如梦如幻，仿佛为接下来即将展开的精彩故事精心铺设了华丽的背景。台下，观众的目光中满是热切与期待，他们的视线紧紧地聚焦在舞台中央，这一次，节目请到的嘉宾，是华语乐坛当之无愧的传奇巨星——刘德华。

他的每一首歌、每一部作品，都像是承载着无数人青春记忆的时光胶囊，里面装满了欢笑、泪水、梦想与奋斗。用他自己的话来说，他是一位既成功又可爱的成功人士。

在大家这样的认同与期待中，现场互动环节的一段特别对话，就如同向湖面投了一颗石子，瞬间激起观众心中的层层涟漪。

一位神情略显紧张的女孩，手中紧紧握着一块题板，缓缓站起身来。她的眼神中既有对偶像刘德华的崇拜与敬仰，又带着一丝迷茫与无奈。她深吸一口气，努力让自己镇定下来，随后将手中的题板高高举起，上面赫然写着“笨小孩”三个字。

女孩的声音略带颤抖，却又透着一股坚定：“华仔，我曾经特别喜欢你的《笨小孩》这首歌，一直以来，我都觉得自己就是那个歌里的笨小孩。可是听到现在，我突然觉得，我好像被你‘骗’了！”她的话一出，现场顿时一片哗然，大家都好奇地看着她，不明白她为何会这样说。

女孩继续说，她在公司里是学历最低的员工。每天，她从早到晚地面对电脑，不停工作。当所有人都下班离开后，她总是最后一个关掉公司里的最后一盏灯，独自走出那漆黑的办公大楼，周围安静得只能听到自己的脚步声。她拼命地努力，想要证明自己，可她还是觉得自己做得不够好。

在女孩讲述的过程中，刘德华始终上身微微前倾，目光专注地看着她，认真地聆听她的每一句话，眼神中满是关切与鼓励。

待女孩说完，刘德华微微点头，语气诚恳而坚定地说道：“但是你不要忘记，你还有机会去为自己证明一些事情。我相信，我们现场所有的人都会给你力量，千万不要放弃。只有不放弃，才会有成功的机会。”

刘德华的话语如同温暖的阳光，可女孩的眼神中依旧透露出一丝迷茫。

女孩轻轻咬了咬嘴唇，接着说：“尽管我已经很努力地去平衡自己内心的得失，但我还是害怕，害怕一觉醒来，同事们就把我远远地甩在了后面。像我们这样的笨小孩，到底要做到什么程度才行呢？”女孩的声音中带着一丝哽咽，现场的气氛也变得有些沉重。

就在这时，主持人撒贝宁面带微笑，温和而坚定地插了几句话，他的声音如同一股清泉，瞬间打破了现场的压抑氛围：“上天为每一只笨鸟，都留了一根比较低的树枝。其实，当你每天晚上最后一个离开办公室，对着电脑做所有的功课，比其他人付出更多的努力，在关掉最后一盏灯离开的那一刻，你就已经比别人获得了更多学习和成长的机会——你在建设自己。今天，你是不是你们公司唯一一个坐在这里当青年代表的？是吗？告诉我。”

女孩微微一愣，眼中闪过一丝惊讶，随后如释重负地笑了笑，轻声说道：“对。”

撒贝宁乘胜追击，紧接着追问：“其他人在哪里？”

女孩的眼眶瞬间红了，声音哽咽着回答：“在上班。”

刹那间，女孩恍然大悟，眼中的迷茫与困惑渐渐消散，取而代之的是一种豁然开朗的光芒。

她终于明白，自己的努力并非毫无意义，那些默默付出的日日夜夜，都在为她的未来积累着宝贵的财富。而此刻，她能够坐在这个舞台上，与偶像刘德华面对面交流，就是老天对她勤奋和努力最好的奖励，是命运给予她的独特安排。

现场爆发出雷鸣般的掌声，观众纷纷为女孩的领悟鼓掌，也为撒贝宁那充满智慧与温暖的话语点赞。在这掌声中，刘德华也露出了欣慰的笑容。

是啊，只要坚持不懈地努力，就一定能在生活中找到属于自己的那根“低树枝”，实现自己的梦想。

看完那期《开讲啦》，我由衷钦佩撒贝宁，他那字字珠玑又暖心窝子的话，直接在我心里“安营扎寨”了。

那时候，我正就读于北京工商大学，身处北京这座充满机遇与活力的城市，凭借着得天独厚的“地利之便”，时常能拥有一些前往各大节目现场当观众的机会。

而众多节目里，《开讲啦》在我这儿就是“白月光”一般的存在，只要一瞧见有报名的地儿，我就会光速冲上去报名。我满心期待着，有朝一日自己也能成为那个勇敢追梦的“笨小孩”，幸运地找到属于自己的那根“低树枝”，能站在舞台上，与心中的偶像面对面地交流互动，倾诉自己的梦想与困惑。

我始终坚信，“老天自有安排，老天也爱笨小孩”。或许是我的坚持与努力打动了命运，一天，幸运女神真的悄然降临了。

那是一通来自《开讲啦》编导的电话，她告诉我获得了参与特别节目的机会，而且这次身份直接“升级”，不再是在台下眼

◎ 作为青年代表参加《开讲啦》

巴巴看着的小观众，而是能站在舞台上“发光发热”的青年代表！我可以光明正大地向节目请来的嘉宾提问。

这个突如其来的惊喜，瞬间将我淹没在幸福的海洋里。激动与喜悦如同汹涌的潮水，在我的心间肆意翻涌。我抑制不住内心的狂喜，情不自禁地哼唱起来：“哎哟向着天空拜一拜呀别想不开，老天自有安排……”

此刻，我感觉自己就像童话里的灰姑娘，在不经意间获得了通往梦想舞会的入场券，即将开启一段奇妙而难忘的旅程。

这一次，节目请来的分享嘉宾是全国五一劳动奖章获得者、黑龙江省劳动模范、哈尔滨市劳动模范、全国技术能手、中航工业哈尔滨飞机工业集团首席技能专家——秦世俊老师。他身着简约而整洁的工装，带着制造业人特有的坚毅与质朴，走上了这个承载着无数梦想与智慧的舞台。在接下来的时间里，秦世俊老师真诚地分享着自己在制造业领域的奋斗历程，那些或艰难或热血的过往，如同电影般在我们眼前徐徐展开，每一个故事都饱含着汗水与坚持，每一条经验都凝结着智慧与心血，让在场的每一个人都深受触动。

终于，到了青年代表提问环节。我满怀期待地举起了手。当撒贝宁老师那富有磁性的声音叫到我的名字时，那一刻我心里已经乐开了花。我努力让自己镇定下来，站起身，脸上带着一抹自信的微笑。

撒贝宁老师目光中透露出关切与好奇，轻声问道：“超凡，你是因为意外吗？还是……？”

我轻轻摇了摇头，脸上始终洋溢着笑容，语气平和而坚定地回答道：“不是，我一出生就是这样。我觉得我就是老天爷赐给家里的特别的孩子。”我的眼中闪烁着点点星光。

“你就是维纳斯！虽然没有双臂，但是有翅膀。”他的眼神中充满了鼓励与赞赏，仿佛在告诉我，我是独一无二且无比珍贵的。

我轻轻抿了抿嘴唇，眼中泛起一丝感动的泪花，接着说道：“对，我觉得我们每一个人都有一双隐形的翅膀。我现在既是一名老师，也是一名学生。我自己开了一家艺术教育培训学校，我是90后的校长，我的学校每年也会招收一些特殊的孩子，他们都缺少着自己的小零件。”

我微微停顿了一下，难抑心疼与怜爱：“有的孩子有口吃，有的孩子缺少手指，我都是亲自去教他们，因为我教他们的时候，他们心里会有一种踏实，一种安慰，他们觉得超凡姐姐能做到的，他们有一天也可以做到。”

撒贝宁老师微微瞪大了眼睛，脸上露出了欣赏的笑容，他轻轻拍了拍手，赞叹道：“我觉得这个老师特别可爱，包括人世间一些本来悲伤的事情，在她描述的时候，你觉得她都能带着一抹阳光，尤其是在讲到那些孩子们缺少一些小零件的时候。”

他微微停顿了一下，眼神变得深邃而严肃：“人生，也许在不同的阶段你会丢失一些东西，但是，最重要的一个零件不能丢失，那就是你身上所具备的这些特质——乐观、阳光，这颗心不能丢失！”

◎ 在节目中现场写字

我认真地点了点头，接着说道："生活不像我们想象的那么好，也不像我们想象的那么差。有时候我们的脆弱和我们的坚强，真的会超乎自己的想象，就看你有一颗多么强大的内心，能够推动着你，做到最好的完美！就像秦老师一样，把每一件事做到极致和完美。所以我想送他一幅字，表达我的敬佩。"

撒贝宁老师微微挑起眉毛，眼中闪过一丝好奇，问道："你是写好了？还是现场写？"他微微歪着头，等待着我的回答。

"我觉得现场写更能表达心意吧。"

"好！那我们就来看看校长的功力！"

我俩相视一笑。

在观众热烈的掌声中，我走上舞台。但问题来了：行云流水般的前面所有对话，其实都不在台本里，都是现场有感而发。由于是临时决定写字，节目组并没有提前准备好笔墨纸砚。现场的气氛瞬间变得有些紧张，导演不得不喊停节目。

就在这时，撒贝宁老师展现出了他卓越的主持功底和应变能力。他从容地站在舞台中央，脸上带着轻松的笑容，双手摊开，笑着对观众说："大家别着急，咱们《开讲啦》的导演组那可是神通广大，肯定能马上解决这个问题。说不定一会儿还能给我们带来更多惊喜呢！"撒贝宁老师的话就像一阵春风，瞬间缓解了现场的紧张气氛，观众也都露出了期待的笑容。

很快，导演买来了两张宣纸、一盒墨汁、一支毛笔和一张毡子，用一次性水杯当了临时笔筒。

我走到桌前，将毡子平整地铺好，小心翼翼地把宣纸稳稳地放在上面。因为导演没有买镇纸，正在我有些发愁的时候，撒贝宁老师快步走了过来，他嘴角带着一丝俏皮的笑容，诙谐幽默地说："我们是人肉镇纸！"

说着，他和旁边的秦老师一起，用手轻轻按住宣纸的四角，眼神中充满了鼓励与支持。那一刻，我觉得我离榜样真的好近。

我拿起毛笔，将笔尖缓缓浸入墨汁中，让墨汁充分浸润笔尖。现场瞬间安静下来，只有轻柔的《隐形的翅膀》的音乐在空气中流淌。我深吸一口气，闭上眼睛，凝神静气，让自己的思绪完全沉浸在书法的世界里。当我再次睁开眼睛时，眼中只剩下专注与坚定。我微微调整了一下姿势，手腕轻轻转动，毛笔在宣纸上缓缓落下。

起笔时，我用力沉稳，笔尖在纸上留下一个圆润而饱满的墨点，仿佛是一颗希望的种子。接着，我摆动手腕，笔锋顺势游走，线条如游龙在纸上穿梭。我将我的情感与敬意倾注到每一个笔画之中，随着毛笔的舞动，"功崇惟志，业广惟勤"八个苍劲有力的大字逐渐跃然纸上。

写完"超凡书"的最后一笔，我轻轻放下毛笔，长舒一口气。撒贝宁老师不禁赞叹道："会写字的女孩，真的好美。"秦世俊老师双手接过这幅字给观众展示，现场再次响起了热烈的掌声。

像这样的"名场面"在《开讲啦》中多如繁星，《开讲啦》这档"青年电视公开课"不知点亮了多少人的夜空，给予中国青年心灵的滋养。受邀嘉宾、主持人的自信、幽默与智慧，深深感染并影响了我。

时隔三年后，在中央电视台《加油！向未来》节目中，我作为“科学猜想王”的有力争夺者，在对阵台上再次见到了撒贝宁老师。他叫出了我的名字，眼神中依旧有星辰大海一般的光，一声“超凡”，一生繁花相伴……那一刻，我相信了我确实是被老天爷放在心上的笨小孩。

◎ 与超凡公益梦想课堂小学员共度儿童节

再创业：一波三折才是人生

“在清水里泡三次，在血水里浴三次，在碱水里煮三次，人生才变得更有意义。”伴随着我的青春，我的创业是三部曲。

奋斗的每一步，让我逐渐明白：如果我们拿到了生活的烂剧本，那么你就要争取做人生最好的演员。每个人都比自己想象中的强大，能够阻碍你的从不是身体上的无力，而是内心的高墙。

因为自己淋过雨，所以总想为别人撑一把伞。

自从在《一站到底》的舞台上夺冠后，我便下定决心，要用比赛赢得的奖金做一些有意义的事情。于是，“超凡公益梦想课堂”应运而生，我希望能借此帮助那些家庭困难、肢体残疾以及患有孤独症的孩子，让他们也能在绘画的世界里自由翱翔，实现自己的梦想。

在这个课堂里，孩子们连纸笔都不用花钱，一切都由我免费提供。随着时间的推移，公益梦想课堂的影响力越来越大，甚至还有从外地坐着绿皮火车千里迢迢赶来的。在这里，他们终于找到了属于自己的快乐天地，儿时那些遥不可及的梦想，正逐渐变为现实。

然而，书山学府在发展过程中，一个明显的弱点也逐渐暴露出来。虽然它在教学和运营方面都取得了不错的成绩，但建筑面积较小，这严重限制了我对艺术素质教育和公益梦想课堂进一步的设想和拓展。看着那些充满期待的孩子们，我深知必须做出改变。

2017 年 6 月，我毅然决定二次创业，创办一个中大型的沉浸式素质教育场景。

为了找到理想的办学地点，我开启了长达一个多月的实地调研之旅。在这个过程中，一次偶然的进校园分享活动，成为我人生的一个重要转折点。

在那次活动中，我结识了绿园区教育局的局长。她一出现，就给我留下了深刻的印象。她的气质特别像我在吉大附中读书时候的化学老师郭老师，为人精致，做事果敢，浑身上下都散发着一种独特的魅力。活动结束后，她主动找到我，目光真诚地问道：“超凡，你愿不愿意把学校开到绿园区啊？绿园的孩子们也需要优质的美育教育，我们给你做好服务保障工作。”

那一刻，我的心猛地一动。绿园区，那可是我儿时成长的地方啊，那里承载着我无数的回忆和情感。如今，听到局长的这番话，心中那份炽热的爱瞬间被点燃。就这样，在她的鼓励下，我与绿园区开启了一场双向奔赴。

绿园区地处长春市西部，是连接市区与周边地区的重要交通枢纽。54路有轨电车更是绿园区一道独特的风景线。它就像一位时光的使者，沿着轨道缓缓前行，车身的每一处斑驳，都镌刻着岁月的痕迹。在教育资源方面，绿园区更是有着独特的优势。这里拥有多所优质的学校，从幼儿园到中小学，形成了完整的教育体系。

经过多方考察和筛选，我最终在绿园区阳光路上选定了一个1500平方米的大平层，毫不犹豫地将它租了下来。我喜欢“阳光路”这个名字，它充满了希望和活力，就像我对这所学校的期待一样。我将学校取名为“艺凡艺术教育培训学校”，寓意着艺术与超凡的结合，希望每一个平凡的孩子都能在这里绽放出属于自己的艺术光芒。

此时的我，早已不是两年前那个初出茅庐的稚嫩新手。经过书山学府的创业历练，我已经能够较为熟练地对艺凡学校整体工程进行设计、装潢、监工、买料、比价、软硬件配置等等。在施工过程中，我每天都早早地来到工地，身上斜挎个小布兜，里面装着图纸和记号笔，仔细检查每一个施工环节，逐一与工人师傅们讲解我画的草图，确保每一个细节都符合我的要求。烈日炎炎，汗水湿透了我的衣衫，可我喜欢这种“攻城征战”的感觉，每天过得都很充实。

施工完成后，我马不停蹄地组建了一支全新的教学团队。老师们不仅专业素养过硬，而且充满了爱心和耐心，他们都怀着一颗为孩子们服务的心，加入了艺凡学校这个大家庭。不久，艺凡学校正式对社会开放，投入运营。

开业当天，阳光格外明媚，温暖的阳光照亮了学校的每一个角落。由于这里有特殊的艺术类素质教育功能，有着形式多样的公益课堂，学校迅速受到了周边市民的喜爱。通过多渠道的宣传推广，慕名而来的学生越来越多，刚刚开业三个月，千余平方米的校区甚至显得有些拥挤。孩子们、家长们挤在教室里、走廊中，却依然兴致不减。课堂上，老师耐心地指导着孩子们绘画、创作，与孩子们专注的神情、开心的笑容，构成了一幅幅温馨而美好的画面，整个学校一派热气腾腾的景象。

与曾经局促的书山学府相比，艺凡艺术教育培训学校的变化可谓天翻地覆。在书山学府时，空间狭小，我们只有一间办公室，大家挤在一起办公，如今我们的教学校长终于拥有了属于自己独立宽敞的办公室，里面配备了舒适的办公桌椅、现代化的办公设备，采光极佳，窗外的绿树成荫为工作增添了一份惬意。接待的老师们也有了专门的接待室，环境优雅，而不再是哪屋没课借用哪屋。活动厅配备了专业的音响、灯光设备，舞台宽敞，背景屏幕清晰，为孩子们提供了一个展示自我的绝佳平台。

在绿园区多部门的帮助下，我们还在学校里先后成立了党支部、团总支和工会。从此，艺凡学校逐渐成为一支“正规军”。在大家的共同努力下，艺凡学校不断发展壮大，成为绿园区乃至整个长春市艺术教育领域的一颗新星。

2018 年春节，爸爸被抵押的房产证终于拿回来了，妈妈也不用再因为着急上火吃药了，七大姑八大姨也不再说我“瞎折腾”

了，家人们真切地品味到社会赞誉和物质条件改善带来的幸福和甘甜。

艺凡学校让我有了一定的积累，同时也点燃了我心中那团渴望再次“扩校”去影响更多人的炽热火焰。

恰逢长春市关工委到艺凡学校调研，我满怀热忱地向领导们汇报了自己的创业初衷，以及对未来进一步发展的宏伟想法。在讲述的过程中，我的眼中闪烁着憧憬的光芒，那是对教育事业无限的热爱与执着。

此后，市关工委的领导们多次不辞辛劳地来到绿园区，与区委、区政府的领导共同商研，为我的教育事业出谋划策。绿园区关工委的几位主任更是四处奔走，不辞劳苦地帮我和孩子们寻找新的办学家园。他们的支持与帮助，给予我莫大的鼓舞和信心。

终于，在 2018 年的国庆节，我成功租下了绿园区迎宾路上原省城建学院的旧址。当我和相关权利人陈总、杨总商定好合同，踏入这所校园的那一刻，一种难以言喻的激动涌上心头。我缓缓地从一楼走到四楼，每一步都踏得格外坚实，仿佛能感受到这里即将被赋予新的生机与活力。看着眼前那四层高的教学楼和空旷的大操场，我的脑海中已经开始勾勒出一幅未来充满希望的蓝图，心中满是对新征程的期待。

2018 年的冬天，我踏上了第三次创业的征程，开始筹建超凡教育集团。为了节省开支，我充分发挥自己所学的专长，结合之前两次装修的经验，亲自操刀设计施工图纸。那段时间，我几乎每天都泡在装修材料市场里，在琳琅满目的材料中精挑细选，只为找到最适合、最具性价比的材料。图纸上的每一处无障碍设施的改造、每一个精确的数据，教学楼内的每一块瓷砖、每一处照明设计，都倾注了我全部的心血和真情。

2018 年的那个冬天格外冷，仿佛是大自然故意给我设置的一道艰难关卡。暖气管道需要重新铺设，在零下二十几度的严寒里，没有供暖的大楼就像一个巨大的冰窖，寒意无孔不入。我里里外外套了两件厚厚的羽绒服，脚上穿着雪地靴，还在脚底放了热宝，可即便如此，仅仅一上午的时间，全身就被冻得透透的。手指被冻得僵硬，几乎无法握住笔，每一次在图纸上写下一个数据，我都要付出巨大的努力。

上万平方米的大楼的装修重任，好似一座巍峨的大山，沉甸甸地压在我的肩头，压得我整日眉头紧蹙，满心的焦虑与疲惫无处可藏。每一日，那巨额的资金开销，都如同横亘在我面前的一道深不见底、难以跨越的鸿沟。对于年仅 26 岁的我而言，这份压力排山倒海般袭来，让我几近窒息。

然而，命运的考验远不止于此。谁能料到，杨总竟做出了令人发指的行径——他跑路了，消失得无影无踪。他卷走了我提前预交的部分房租八十万元，还有我不知道具体数字的那些工程建设款。

他这一走，留下的是一片混乱不堪的局面。众多辛苦劳作的农民工，在临近年关之际，满心期待着能拿到自己的血汗钱回家过年，却怎么也找不到杨总的踪影。无奈之下，他们只能将希望寄托在我身上，一群人堵在我的门口，焦急地讨要属于他们的工钱。我内心满是委屈，其实我又何尝不是这场骗局的受害者呢？可眼看着新年的脚步越来越近，对于这些农民工来说，这工钱就是他们的“救命稻草”，谁又会轻易放弃这最后的希望呢？

在那些疲惫不堪的日子里，每当累到透支，我都会独自走到窗边，望着窗外操场上那高悬的月亮。月光洒在雪地上，泛着清冷的光，四周一片寂静，只有寒风呼啸的声音。那一刻，孤独与无助如潮水般将我淹没，我不禁开始怀疑自己的选择，心中充满了迷茫和困惑：是不是我步子迈大了？我还有后退的余地吗？我还能支撑多久？万一失败了怎么办？……

在那焦灼又无助的日子里，我每天都在翘首以盼，期待着事情能出现转机。终于，在警方的不懈努力下，消失已久的杨总被找到了。然而，这个消息并未给我带来丝毫的欣喜，反而让我陷入了更深的绝望。原来，那被他卷走的钱，早已被他挥霍得一干二净。不仅如此，他还因种种不良行径落下了一身的病。此时的他，再也没有了往日的意气风发，只剩下一副落魄潦倒的模样。

看着眼前的局面，我满心无奈与迷茫，不知道该如何解决这个棘手的问题。正当我孤立无援、一筹莫展的时候，绿园区政府的领导主动担当作为，他们不辞辛劳，多次组织协调会议，积极联系各方人员，试图找到一个妥善的解决方案。

在绿园区政府和陈总的共同努力下，经过无数次的协商、谈判与沟通，各方终于达成了一致意见，那些因杨总卷款跑路而引发的一系列问题，也终于得到了妥善的解决。在这个过程中，我深刻地体会到了人情冷暖，也感受到了来自社会各界的温暖与支持。

创业就像过山车，只有加速向前，才会冲出低谷。那是一场孤注一掷、“向死而生”的疯狂冒险。凭借着满腔的热血与勇气，我在创业的道路上摸爬滚打。

终于，2019 年 2 月，在长春市关工委、绿园区委以及区政府的关心与大力支持下，我终于走出了寒冬，超凡教育集团成立了，总建筑面积达 35000 平方米。作为全国青年文明号单位，同时也是省、市、区三级关心下一代教育基地，超凡教育集团自面向社会开放以来，已累计公益接待了近 6 万人次。

水到绝境是风景，人到绝境是重生。亲爱的朋友们，得偿所愿的都不是完整的人生，一波三折才是生活的常态。

永远不要在困境中丧失对自己的信心，因为这是我们亲自选定的道路，每一步都承载着我们的梦想与期待。

哪怕前方荆棘丛生、风雨交加，我们也要怀揣着无畏的勇气和坚定的信念，一步一个脚印地走下去。要相信，那些打不倒我们的，终将使我们变得更加强大，在历经风雨洗礼后，我们定会迎来属于自己的绚烂彩虹。

第三辑

追光的人，也将成为光

亲爱的朋友，当你翻开第三辑，便坐上了我27岁到33岁的青春“过山车”。

这六年，不长，但我却经历了与亲人生离死别的至暗时刻，也感受过站在国际舞台为梦发声的高光时刻。遇良师，交挚友，历风雨，破困境，一路风雨一路歌。

这些经历，或曲折，或荣耀，有错过，亦有偏爱，汇聚成了一条蜿蜒的路，但正如前面所说，得偿所愿的都不是人生啊，一波三折的才是。正是这些高低起伏，雕琢出如今的我。请相信，那些未竟的梦想，终会在岁月的沉淀中，积攒磅礴的能量，于合适的时机，以最绚烂的姿态出现在我们的生命里。

我的底气，来源于行进中的中国

每一代人都有专属的风采与魅力，在时代的舞台上绽放着独特的光芒；每一代人也都面临着各自的困境与挑战，在生活的荆棘中艰难跋涉。

没有哪一代人的成长之路是一帆风顺、毫无压力的。我们这一代，能够肩负使命，与时代同行，用自己的青春热血与不懈奋斗，见证祖国的伟大崛起，我们，已足够幸运。

2019 年 2 月，吉林省委宣传部正积极筹备“追寻美好生活”中国脱贫成就展。在伯乐的赏识下，我有幸被选为脱贫攻坚宣介大使，跟随国务院新闻办、吉林省人民政府赴欧洲，向世界宣介习近平总书记关于扶贫工作的重要论述，展示中国脱贫攻坚取得的巨大成就。

这项工作对我而言，意义非凡，压力也空前巨大。我不仅要在不到两个月的时间里，创作出几幅出彩的国画作品，作为赠予外国政要的礼物，还要练习用全英文全程脱稿讲述中国脱贫攻坚的故事。

我对国画作品有着自己的要求和理解，在创作过程中，我始终想着既要展现出专业水准，又要赋予作品深刻的思想内涵，我们中国优秀的传统文化必须跨越山海，走向世界！

3月，我带着完成的部分国画作品和演讲稿前往省委宣传部过审。那是我第一次见到部长，她留着一头干练的短发，整个人散发着果敢、利落的气质。

我去之前准备了两份风格迥异的发言稿。第一版恢宏壮阔，气势磅礴；第二版则贴近生活，从超凡公益梦想课堂切入，阐述“扶贫先扶智”的观点与做法。

汇报结束后，部长脸上带着温和的笑容说道：“超凡，来源于生活的，才是真实的。唯有真实的，才能不分国界，直抵人心深处。”

与此同时，她还欣然同意我带着超凡公益梦想课堂的受助学员小李硕一起出访欧洲，有了这样的生活中的真实案例，我们的故事就更有代表性，更容易引人共鸣—— 一切都来得那么真实，却又那么令人难以置信。

在那之后的二十多个日日夜夜里，为了能在国际舞台上有更出色的表现，我每天都独自站在学校四楼的百人空会场里，反复练习着语音语调，精心设计着每一个动作，仔细管理着自己的表情。我吃饭时嘴里念叨着“Poverty alleviation is not only about improving people's living standards, but also about empowering them with knowledge and skills（扶贫不仅是提高人们的生活水平，更是用知识和技能赋予他们力量）”，走路时心里想着“China's poverty alleviation achievements are the result of the joint efforts of the whole nation（中国脱贫攻坚的成就是全国人民共同努力的结果）”。就连对着我的鹦鹉小灰宝时，也在不停地背诵。

起初，小灰宝只是歪着头，用它那黑豆般的眼睛好奇地看着我，似乎对我口中发出的奇怪声音充满了疑惑。慢慢地，它开始有了反应。有一天早上，我在像往常一样练习，突然，可爱的小灰宝先是梳理着自己灰色的羽毛，然后扫了一下它漂亮的小尾巴，奶声奶气地冒出一句“but”。起初我都没有反应过来，后来它又字正腔圆地说了一遍“but”，那模样就像一个认真学习的小学生。我激动地抱起它一顿亲，没想到它的超凡姐姐还没出国呢，它一只小鹦鹉就先与国际接轨了！

台上一分钟，台下十年功。在追求完美的过程中，我逐渐明白：大多时候，正是那 99% 的平凡时光，一点一滴的打磨，才铸就了那 1% 的高光时刻。而我，将带着这份信念，在国际舞台上，展现中国青年的风采，讲好中国故事。

我精心创作的国画作品，每一幅都蕴含着深刻的寓意。《寒梅映雪》中，梅花象征着坚韧不拔的精神，在寒冷的冬日里，它不畏严寒，独自开放，正如中国人民在脱贫攻坚的道路上，面对重重困难与挑战，不屈不挠，顽强拼搏，最终迎来胜利的曙光。《蕙质兰心》的画面中，几株兰花生长在幽静的山谷间，细长的叶片翠绿欲滴，花朵淡雅高洁，散发着清幽的香气。兰花代表着中国传统文化中的君子之风，象征着我们在扶贫工作中坚守的正义、善良与高洁的品质，以平和、包容的心态帮助贫困地区的人们走向富裕。

时间的指针终于指向了2019年4月，经过长达十一小时的飞行，我们终于平安降落在素有“小巴黎”美誉的布鲁塞尔。这座城市宛如一幅徐徐展开的浪漫画卷，街头巷尾弥漫着别样的风情。滑铁卢古战场，那片曾经硝烟弥漫的土地，如今已归于平静，却依然能让人感受到往昔战争的磅礴气势与历史的厚重沧桑；布鲁塞尔原子塔，这座造型独特的现代建筑，在阳光的照耀下闪烁着金属的光泽，成为城市的标志性景观；尿尿小童雕塑，以其诙谐有趣的形象吸引着无数游客驻足拍照；而在布鲁塞尔广场，古老的建筑错落有致地排列着，精美的雕花和独特的风格见证着岁月的变迁。

蒙蒙细雨如丝般飘落，我静静地站在天鹅餐厅门口，这里曾是马克思、恩格斯生活过的地方，著名的《共产党宣言》便是诞生于此。细雨中，一阵阵沁人心脾的醉人花香扑鼻而来，那或许就是真理的味道，穿越时空，在这里悠悠回荡。

在欧盟总部，有媒体记者将镜头对准了我，抛出了一个问题：“张超凡，在很多人眼中你自信、果敢，全力以赴地追寻着自己的梦想，那你的底气究竟来源于哪里？”我几乎不假思索地回答道：“我的底气，来源于行进中的中国！”

话音刚落，现场瞬间安静了下来，一阵短暂的沉默后，爆发出了热烈的掌声。记者们原本专注的眼神中闪过一丝惊讶与敬佩，手中的笔飞快地记录着我的话语。镜头后的摄影师们也连忙调整角度，捕捉下这一精彩瞬间。一位金发碧眼的女记者，嘴角微微上扬，露出了赞赏的微笑，轻轻地点了点头，眼神中透露出对中国的好奇与探索欲。在这掌声与目光中，我深切地感受到了他们对中国力量的关注与尊重，也更加坚定了内心的那份自信与自豪。

在行程中，每走过一个国家，部长都会热情地送出象征着我们中国传统文化的非遗传承画作。当我用英语向外国友人介绍每幅作品背后的寓意时，他们眼中满是好奇与惊叹，作品蕴含的深刻文化内涵令他们对这些礼物更为珍视。

4 月的丹麦，春风温柔地拂过大地，万物都在这温暖的季节里焕发出勃勃生机。“追寻美好生活”中国脱贫成就巡展暨吉林文化旅游周活动于 4 月 15 日下午在丹麦哥本哈根亚洲之家举行，这也是我们此次出访欧洲的最后一站。

丹麦，这个欧洲古老的王国，也是享誉世界的“童话王国”。小时候，我就曾无数次沉醉在安徒生的童话里，幻想着有一天能走进这充满奇幻色彩的童话王国。如今，我真的踏上了这片土地，心中满是欣喜与激动。

中丹两国虽相隔万里，但两国人民的友谊源远流长。童话大师安徒生在多部作品中提及中国，字里行间都表达了丹麦民众对中国的向往。丹麦是最早与新中国建交的西方国家之一，也是与中国建立全面战略伙伴关系的北欧国家。丹麦同吉林省纬度相近，冰雪是大自然赋予中丹两国共同的神奇礼物。开展“吉林文

◎ 在国际舞台讲述中国故事

化旅游周”宣传推介，正是为了双方能以冰雪主题为引领，在各领域展开更深入的合作交流。

我带着小李硕在丹麦现场作画，周围渐渐围拢了许多人，他们好奇地观看着我们的创作过程。这时，一位身着笔挺西服的外国男士缓缓走到我的作品前，目光落在我刚写好的书法“福”字上。他微微皱起眉头，眼中带着一丝疑惑，用英语问道：“这个是什么意思？”

我微笑着，用清晰流畅的英语向他解释：“‘福’的意思是‘幸福’‘幸运’‘美好’等。”

他听得十分认真，一边听一边轻轻点头。当他的目光不经意间落到我残缺的左臂时，眼中闪过一丝惊讶，但很快又被好奇所取代。我看出了他的疑惑，便主动向他讲述了我的“超凡”故事，他静静地听着，眼神中渐渐多了几分感动。

讲述结束后，他小心翼翼地伸出手，拿起那幅墨还没有干的书法书签。他轻轻地将它放在手中端详了许久，随后郑重地将这个“福”字书签放进西服的怀里兜，动作轻柔而小心。

后来在开幕仪式上，我才知道他是丹麦旅游局局长。

他走上台，神情庄重又带着几分亲切，面向台下的众人，用英语说道：“……今天，我很荣幸认识了张超凡。在听了她的介绍并了解了她的故事后，我看到了中国青年的真实风采。她的故事深深打动了我。我希望有机会去体验吉林滑雪的独特魅力！”

听到他的这番话，我的心中涌起一股强烈的民族自豪感，仿佛有一团火焰在胸膛燃烧。我知道，这不仅仅是对我个人的认可，更是对中国青年的赞扬。

回国之后，我有幸作为中国青年代表，在北京参加了纪念五四运动一百周年大会。在现场，我聆听着习近平总书记的谆谆教诲，那些话语如同一束束温暖而明亮的光，照亮了我前行的道路，令我终生难忘。

只有真正走出国门，亲身感受世界的广阔，才能深切体会到作为一名中国青年所拥有的底气与自豪。

如果说每个人的成长都离不开其所处的背景，那么当下的中国，毫无疑问，就是我此生最坚实、最强大的依靠。

行进中的中国，为奋发向上的我们注入了源源不断的底气。这份底气，闪耀在你炯炯有神的目光里，体现在你为梦想全力以赴、无惧风雨的坚定步伐中，也映射在你的每一篇文章、每一处言行、每一份胸襟、每一种情怀与格局里。生长在这个时代，我们就如同搭乘上一艘乘风破浪的巨轮，它将带领我们跨越万水千山，冲破重重艰难险阻，抵达那些凭借一己之力难以企及的远方。

前景光明，未来可期。

下一个五年，乃至更多的五年，无数精彩的故事，将由你、我，以及这片土地上的千千万万中国人共同书写。让我们怀揣着对祖国的无限热爱与美好期许，携手共进，为实现中华民族伟大复兴的中国梦而努力奋斗。共同祝愿我们的祖国山川锦绣，繁荣昌盛，中华民族更加坚强地屹立于世界民族之林！

以亲情为翼，越过命运的荆棘

亲情，是岁月深处一道“爱的伤疤”。它隐匿于我们成长岁月的斑驳记忆里，氤氲在生活日常的袅袅炊烟中，更渗透在家人给予的爱之点点滴滴内。

2017年，我有幸作为候选人参与评选“长春市特等劳动模范”。其中，推荐表里的证件照需要用白色线缝成菱形格的。这可把我难住了，我只会用胶水或双面胶，哪懂这针线活啊。爸爸在一旁提醒:“要不你打电话问问你奶奶，说不定她会。”

电话接通，奶奶听闻这个好消息，声音瞬间高了一个八度，满是喜悦:“咱家针线都有，张宝，你赶紧拿表格过来，奶奶会，奶奶给你缝!”

到了奶奶家，她翻箱倒柜，很快把针线和顶针都找了出来。我帮她穿好线，奶奶便坐在桌前，认真地缝了起来。她的眼神专注而坚定，满是岁月沉淀下的从容。每一针都缝得极为仔细，动作娴熟又稳健，边缝边念叨："奶奶在长纺干了一辈子，最大的愿望就是能当上市劳动模范，没想到我大孙女这么有出息！奶奶的遗憾，在你这儿圆满了，这辈子值了！"听着奶奶的话，我的眼睛瞬间湿润，泪水在眼眶里打转。我心里清楚，这不仅仅是一份荣誉，更承载着奶奶一生的梦想啊。

后来，长春市委、市政府对获奖个人及单位进行了隆重表彰。我满心欢喜地将戴在胸前的大红花和绶带统统拿回了家，轻轻地戴在奶奶身上。奶奶瞬间激动得脸颊泛红，她急忙跑到镜子前，双手微微颤抖着，仔细地整理着头发，又特意换上我在她生日时送的那件红色带亮片的羊毛衫。

她转过身，眼中闪烁着光芒，笑着对我说："张宝，快给奶奶拍张照，让奶奶也沾沾光！"

透过手机屏幕，我看到奶奶脸上洋溢着幸福与骄傲，那神情仿佛年轻了几十岁。这一刻，时光悄然回溯，恍惚间，我又回到了小时候，奶奶穿着蓝色工服、戴着白色纺纱帽一边工作一边陪伴我成长的日子。

那些日子简单又美好，是我心底最温暖的珍藏。靠着这些回忆带来的力量，我一心扑在事业上，看着超凡教育集团慢慢有了起色，我满心期待着能和奶奶分享更多好消息。

可命运却在不经意间露出了狰狞的獠牙。就在超凡教育集团蓬勃发展之际，一个犹如晴天霹雳般的噩耗突然降临——奶奶不幸被查出身患癌症，而且发现时已到了晚期。

那一刻，我生命中那道最不堪触及的闸门瞬间被击碎，我陷

◎ 孙女的成绩，奶奶的骄傲

入了无尽的迷茫与绝望之中，开始质疑自己所努力的一切是否还有意义。我实在无法面对这个残酷的事实，也无法摆脱这种令人窒息的痛苦。

在我的记忆里，奶奶一向身体健康，还热衷于运动，我怎么也想不到，这样的厄运竟会降临到她的身上。

在困顿与茫然中，一个念头如闪电般划过我的脑海——我要立刻、马上把爷爷奶奶接到身边。我要像小时候他们无微不至地照顾我那样，守护在他们身旁，哪怕只有一丝让奶奶康复的可能，我都决不放弃。

于是，我急忙叫来工长，恳请他在四楼我办公室的那一侧进行一处特殊的改造。我希望在办公室隔壁隔出一个独立的生活空间，里面要有两个温馨的单间、一个小巧的客厅、一个实用的小厨房，并且洗手间要配备上淋浴设备。最重要的是，每一处都要安装无障碍扶手。之后，在我办公室和隔出的生活区之间开一扇门，将两者连通为一体。这样一来，爷爷奶奶就能随时看到他们疼爱的大孙女，而我也能一边继续经营超凡教育集团，一边近距离地照顾这两位我生命中最亲最爱的老人。

因为奶奶患有风湿，爷爷的身体也十分虚弱，而长春即将迎来大幅度降温，气温会降至零下二十多摄氏度。为了让爷爷奶奶住得温暖舒适，我特意让工长在他们的房间里额外加装了两组暖气。我希望这个家能时刻充满热气，让爷爷奶奶不必受寒冷之苦。我想让他们多吃些可口的饭菜，多享享清福，看看他们的大孙女如今有多能干。

奶奶和爷爷是懂我的心意的。尽管他们对老房子充满了不舍，但为了配合我的一片孝心，还是毫不犹豫地搬进了超凡教育集团的四楼。就这样，我们三口人又重新生活在了一起。

白天，我在校园里像个不知疲倦的飞人，忙碌地处理着百般事务，他们总是静静地在一旁看着。奶奶时常来到房间对面的走廊上，轻轻地扶着窗户，目光在来来往往的学生和老师中急切地寻找、辨认着自己的大孙女。一旦看到了我，她便会久久地注视着我的一举一动，眼神中满是爱怜，一直看到眼酸了、腿乏了，也依然舍不得离去。她仿佛想要把我的身影深深地刻在自己的心里，因为她知道看一眼就少一眼了。

超凡教育集团有内部食堂，厨师做菜也都很用心，最多的时候可以同时供应学校里一千多名教职员工和学生用餐，吃饭基本不成问题。然而，在奶奶眼中，我永远是那个一忙起来就顾不上吃饭的疯丫头，于是奶奶总会在她那小小的厨房里为我开小灶。每到午餐时间，她就会绞尽脑汁地找各种理由把我叫回来，吃她亲手做的饭。有时候是热气腾腾的炖酸菜，有时候是香气扑鼻的蛋炒饭，当然，我最爱吃的还是奶奶亲手做的炸酱面。奶奶炸的肉酱、鸡蛋酱里仿佛藏着神奇的魔法，总是弥漫着一股亲密、熟稔、温暖的香味，这滋味让我百闻不厌、百吃不厌，大概这就是奶奶对我深深宠爱的味道吧。

吃过午饭，奶奶总会像小时候那样，强迫我躺在米黄色沙发上睡上一小会儿。她会细心地为我盖好被子，然后就在自己的房间里默不作声地等待，直到我醒来。

说到这张米黄色沙发，有些年头了，是爷爷奶奶从老长纺的家搬过来的。他们什么都不舍得让我添置新的，总是念叨着创业时期花钱不能大手大脚，家里能用的东西就不要买新的，对他们来说，能天天看到我比什么都重要。

到了晚上，我走进里屋，奶奶便会在不大的客厅里支起那张老式折叠餐桌，熟练地打开四周的折叠边，小方桌瞬间就变成了大圆桌。端上同样是从老长纺那边拿来的、用了将近二十年的小铜盆，等清水煮开后，放入底料，再洗上一盆嫩绿的菜叶，切一盘新鲜的羊肉。爷爷则会亲手调好一份他最拿手的秘制麻酱小料。我们三口人围坐在一起，一边开心地聊天，一边热热乎乎地吃火锅。吃过晚饭，我们便一起拥在那张米黄色的沙发上，津津有味地看电视，还不时对电视剧里的人物和故事品头论足，房间里总是充满了欢声笑语。

把奶奶和爷爷留在身边的这大半年时光，是我人生中最满足、最幸福的一段日子。每天都能和亲人相依相伴，每天都能品尝到奶奶做的美食，同时超凡教育集团也蒸蒸日上、红红火火，我的奋斗事迹在社会上也得到了一定的认可。然而，2020 年，一切美好终究还是被病魔无情地打破了。奶奶的病情急剧恶化，不得不将其送进医院进行最后的抢救。老人家先是接受了一次大手术，随后又开始接受靶向药的治疗。73 岁的奶奶凭借着顽强的毅力和对家人无尽的爱，与病痛展开了最后的殊死搏斗。

我深知奶奶是多么渴望活下去，她还想每天督促我吃饭，还想看着我穿上婚纱步入婚姻的殿堂，看着我生小宝宝，帮我照顾孩子，教小家伙们滑速滑，把他们的身体锻炼得棒棒的。

为了挽救奶奶的生命，我毫不犹豫地拿出了自己所有的积蓄，用来购买特种抗癌药。这种药价格十分昂贵，医院里的医护人员目睹了我的付出，都私下里好心地劝告我，劝我放弃治疗，否则不但救不了奶奶的命，还可能会让我倾家荡产。我又何尝不明白这个道理呢？可是，我实在无法割舍自己对奶奶那份深厚的爱，就算倾尽所有，我也要拼命留住奶奶。

终于，我的资金彻底透支了，由于诸多复杂的原因，超凡教育集团也只能暂停对外开放，一切仿佛都陷入了停滞状态。我一边要顶着巨大的压力，竭尽全力维持学校的运转，一边还要拼尽最后一丝力气救治我的奶奶。当我再也拿不出钱来购买靶向药，眼睁睁地看着奶奶的生命体征迅速衰弱下去时，和爸爸商量后，我一咬牙，把自己刚买了两年的车卖了。什么汽车、房子，对我来说都变得冰冷无比。没有奶奶的房子，再大也感受不到一丝温暖；没有奶奶乘坐的汽车，再舒适也让我如坐针毡。只要能够挽回奶奶的生命，我什么都愿意舍弃。

那段日子，妈妈每天在家精心做饭、装饭盒，爸爸则往返于医院和家之间，还要照顾心脏不好的爷爷，而我就日夜守在奶奶的床头。在奶奶病重的那几个月里，她已经无法下床，就连大小便都只能在床上解决。我深深地理解她内心的纠结与不甘，一个那样自爱、自强、自律的女人，如今却在病床上失去了头发，失去了尊严。

她不忍心看着我在治病这事上砸钱，虽说她不清楚到底花了多少，但每天打的药、住的病房，都让躺在病床上的奶奶满心不是滋味。哪怕疼得厉害，她还是硬挤出个笑脸，跟我说："你是奶奶最骄傲的大孙女，有你，奶奶这辈子值了。"

"这辈子值了"，这话奶奶说了好多回。在奶奶眼中，我是她的骄傲，是她逢人便要夸赞的宝贝。可对我来说，奶奶才是老天爷给我最好的礼物。打我出生起，她就疼我，陪着我长大，给了我好好生活的底气。有奶奶在身边的日子，那才叫幸福，这种幸福，实实在在，深沉而炽热，是我一生的眷恋与依靠。

然而再浓烈的感情，也难以挽回消逝的生命。2020 年 11 月，无论我怎样努力，怎样不舍，怎样拼命抓紧，怎样竭力挽留，最爱我的奶奶还是永远地离开了我，离开了这个人世间。

奶奶去世后，爷爷陷入了极度的悲伤之中，在过年的时候，他追随奶奶的脚步，也永远地离开了。在短短的时间里，我生命中两位挚爱的亲人就这样相继离我而去。

爷爷奶奶的离世给我带来了沉重的打击，我陷入了长久的沉默，甚至有那么一刻，觉得做任何事情都没有了意义，我觉得我的童年从此跟我说再见了。

我拉着行李箱，独自去了峨眉山。在峨眉山脚下，看了一场情景剧《云之上》，如梦如幻间，那些似曾相识的场景，勾起了我对爷爷奶奶的无尽思念。我再也控制不住自己的情绪，失声痛哭起来。我不知道该如何战胜这种撕心裂肺的痛苦，也不知道还能做些什么，才能换回有亲人陪伴的幸福。

我早已习惯了和两位老人腻在一起，生活在一起，听他们浓重的东北口音，吃他们做得偏咸的饭菜，闻他们身上那熟悉的气味。有他们在，无论遇到多大的事情，我都能安然自若，有他们在办公室“后身”，那便是我心底最坚实的底气。

我开始经常失眠，整夜整夜地无法入睡，白天也会莫名地焦虑。那头曾经人见人夸的长发，不知从何时起，在中分线上长出了一簇簇白发。每当看到米黄色的沙发、小铜盆，看到爷爷每天都要喂的小鹦鹉，甚至只是在打开冰箱的一瞬间，泪水就会不由自主地流淌下来。由于过度悲伤，整整半年的时间我都靠着吃中药来调理身体，勉强支撑着工作。

直到有一天，我在整理办公桌的时候，无意间发现材料下面压着一张绿色的便笺，那是奶奶留下的。我轻轻打开一看，上面写着六个字:“超凡”“党费”“奶奶”。

那一刻，泪水如决堤的洪水般顺着我的脸颊奔涌而下。这简单的六个字，饱含着奶奶对党和国家的忠诚，对生命的珍重，对家人的爱与相守，如同暗夜里最亮的启明星，照亮了我已然生锈的灵魂。

就在那一刻，我突然明白，奶奶其实从未真正离去，她只是回到了她爸爸妈妈的身边，而她的爱和信念已经化作永恒的光辉，深深地融入了我的灵魂之中。我小心翼翼地把这张小纸条放进手袋里，那一刻，我仿佛再次与爷爷奶奶紧紧相拥。我知道，是时候走出痛苦、走出往事了。

正如《悲伤的本质》里作者所言:“陷入抑郁，并非因为你不够坚强，而是大脑在忠实地铭记你爱的浓度。那些没能说出口的情感，不该成为束缚自己的沉重镣铐，而应是留存给未来、用以开启全新生活的独特密码。”

2021 年五一前夕，我以长春市最年轻的特等劳动模范身份，参加了吉林广播电视台与长春市总工会联合打造的《平凡的荣耀·听劳动者说》五一特别节目。在演讲临近尾声时，我饱含深情地说道：“她叫高桂云，1946 年出生，是一名中共党员，也是长春市银龙纺织厂的纺织工人。我谨以这篇演讲，致敬每一位在平凡岗位上创造非凡价值的劳动者，以及一直默默支持我的家人、同事，还有……”

我想，我的心声会穿越层层云海，抵达奶奶的耳畔，而身处云端的她肯定会笑着点头，就像以前一样。

亲爱的朋友，无论何时，都不要对生活失去信心，伤口就是光的入口。那些深爱着我们的人，最大的心愿就是希望我们能越来越好。于我而言，“爱的伤疤”已经化作了我强有力的翅膀，带我越过命运的荆棘，我不是一个人作战，我就是千军万马。

◎ 2018 年当选“中国好人”

做好人，是一辈子的事

所有不平凡的人，不过是平凡人把愿望化作了行动。以平常心做好当下的每一件事，我相信，时间一定会在未来的某一天为你备下一份厚礼。

从创立“超凡公益梦想课堂”到打造“超凡无障‘爱’会客厅”，从经营“书山学府”到组建“超凡教育集团”，一路走来，我始终在努力用自己有限的光和热，去温暖那些需要帮助的灵魂。

闲暇时翻看自己的朋友圈，满满的动态记录着每一个珍贵的瞬间。每一条信息背后，都凝聚着孩子们对我的信赖与喜爱，更承载着一个个家庭对我工作的认可与支持。孩子们说，看到我，就如同看到了温暖的小太阳，暖暖的。

2021 年，当得知吉林省要推荐我作为第八届全国道德模范候选人时，一股猝不及防的感动涌上心头。其实，这并不是我第一次参与申报，2019 年我曾获评过全国道德模范提名奖。有位领导曾在春节慰问道德模范时对我说：“在吉林省，永远不会因为年龄小这个理由而埋没任何一个有梦想又努力拼搏的年轻人，青春本就应该闪闪发光。”这句话一直激励着我，也让我对吉林始终深深地热爱着、信任着，并在公益的这条道路上坚持了下来。

几个月后，我接到一通电话，通知我准备去北京领奖，同行的还有代表抗美援朝老英雄徐振明领奖的他的儿媳。

说到徐振明老英雄，他在抗美援朝战争中，立下了赫赫战功。在战场上，他英勇无畏，面对敌人的枪林弹雨毫不退缩。他曾多次冒着生命危险，深入前线，与敌人展开激烈的战斗，为保卫祖国和人民的安全，付出了巨大的牺牲。战争结束后，他又主动放弃安逸的生活，选择来到杨靖宇烈士陵园工作，几十年如一日，守护着英雄的英灵，传承着革命精神。

能与老英雄的家属同行，我深感荣幸。我深知家家有老人，人人都会老，用青春年华守护夕阳，夕阳会更加美丽，朝阳也会更加明艳。在火车上，聆听着老英雄的儿媳讲述战火纷飞的年代里那些关于爱国与奉献的故事，我更加深刻地体会到了此行的别样意义。按照往届的经验，每个省获得全国道德模范的人数通常是一个，我放平心态，心想着一定要做好“陪跑员”，要把上一届的经验分享给她，让她能代表我们吉林省在领奖台上展现出风采与底气。

到了北京后，我们统一住在中国职工之家。办理入住后，我接到通知去参加中央电视台的颁奖典礼彩排，并且要穿着正式上台时的衣服。听到这个消息，我的心里像揣了只小兔子，七上八下的，按理说提名奖是不需要事先彩排的，难不成我这次“转正”了？

怀揣着满心的好奇与期待，我踏入了央视演播大厅。当“央视一号演播大厅”几个字映入眼帘时，当年在北京学画，年夜吃着方便面仍心心念念要来这里的场景，又涌上了心头。谁能想到，我竟真真切切地站在了这里。

这是一场意义非凡的颁奖盛宴，舞台上虽不见明星身影，却满是令人敬仰的“英雄”。导演将我分在“助人为乐”的第一组，我前方座位的名牌上，赫然写着张桂梅校长的名字。刹那间，激动与荣幸交织，千言万语都难以诉说我的心情。

四十余载悠悠岁月，她毅然决然地扎根于贫困地区。在这漫长的时光里，她倾尽所有，将自己的心血与灵魂毫无保留地奉献给了山区的教育事业，只为助力无数山区女孩冲破命运的枷锁，走出大山，改写人生轨迹。

终于，在她的不懈努力下，全国第一所全免费女子高中——华坪女子高级中学诞生了。然而，这仅仅是她奋斗征程的开始。办学过程中，各种难题接踵而至。资金短缺，学校的运转举步维艰；师资匮乏，教学工作面临巨大挑战；学生基础薄弱，教学难度超乎想象。但张桂梅校长就像一棵坚韧不拔的青松，在狂风暴雨中傲然挺立，从未有过放弃的念头。

寒来暑往，春去秋来，张桂梅校长用自己的坚持和努力，在这片贫瘠的土地上耕耘出了一片希望的田野。一千八百多名贫困山区女孩，在她的悉心教导和关怀下，凭借着知识的力量，走进了大学的校门。她们从大山深处走向了更广阔的天地，开启了属于自己的精彩人生。张桂梅校长的故事一直激励着我把“超凡公益梦想课堂”做下去，能有幸在这个场合见到心目中一直激励我的榜样，真是“圆梦”了。

当主持人王宁读到我的颁奖词：“她是一位年轻而又有梦想的奋斗者，在创业、支教、扶贫和抗击新冠疫情等方面都做出突出贡献。”随即，大屏幕上出现了红色的飘带和金黄色闪闪发光的我的名字。

那一刻，我在后台再也控制不住自己的情绪，泪水夺眶而出，我竟然真的“转正”了！这一届，吉林省评上了两位，还有八位荣获提名奖。功不唐捐，所有的苦楚都会有回甘。

领奖时，我怀着激动又紧张的心情走向舞台中央。眼角的泪花在灯光的映照下，仿佛化作了银线，串联起生活中的每一件大事小事。那些曾经让我遍体鳞伤的经历，如今都变成了心底最坚实的土壤，滋养着我的梦想开花结果。

我穿着手工的中国风旗袍，展现出了对残缺的坦然与宁静，以及因拥有爱、享受爱而产生的对生命奔腾不息的热爱。

在颁奖环节，导演组担心我一只手不方便同时拿花和证书，还贴心地安排了一个可爱的小男孩，站在我的左手边替我抱着鲜花。那一刻，这个可爱的小朋友就像我隐形的翅膀，给予我温暖和力量。我缓缓走上前，从颁奖嘉宾手中接过证书，那一刻，全场响起了热烈的掌声。我知道，这掌声不仅是对我的认可，更是

◎ 获评第八届全国助人为乐道德模范

对所有心怀善意、努力奋斗的人的肯定。

我站在舞台的中心，抬头看向前方，当我的名字被书写在光荣簿上时，时光仿佛一下子回到了我的学生时代。那个无数次趴在电视机前看着《感动中国》颁奖典礼，一边被英模人物的故事深深激励着，一边在本上快速摘抄金句，然后写在作文里的小女孩，如今也成了别人眼中的榜样。没想到，有一天，我也会“钻进”电视里，走进更多人温暖的内心里。

或许，这就是时光对每一个努力的人最美好的馈赠吧。

奋斗是青春最亮丽的底色，有理想、敢担当、能吃苦、肯奋斗，中国青年才会有力量，我们祖国的未来才能充满希望。

第二天清晨，曙光初照，我们满怀期待地统一乘车前往人民大会堂。抵达人民大会堂后，我们站在金碧辉煌的金色大厅里，四周的装饰华丽而庄重，每一处细节都彰显着大国的威严与气度，总书记将在这里亲切会见这一届全国道德模范及提名奖获得者。对面，各大媒体的记者们早已严阵以待，摄影摄像设备整齐排列，镜头齐刷刷地对准门口，只等那激动人心的一刻。

我身着一身向日葵般明艳的橙色西装，这色彩象征着希望与活力，也如同我澎湃的心情。我深吸一口气，试图平复急促的呼吸，心脏却依然不受控制地剧烈跳动着。

终于，大门缓缓打开，那一瞬间，整个大厅仿佛凝固了一般，所有人的目光都聚焦在门口，紧接着，大家不由自主地伸长脖子，想要第一时间看清走进来的人。没错，是总书记！真的是总书记！现场瞬间爆发出雷鸣般的掌声，这掌声如排山倒海般热烈，经久不息。

“总书记好！总书记好！”此起彼伏的问候声在大厅里回荡，大家纷纷向总书记挥手、敬礼，不停地鼓着掌，每个人的脸上都洋溢着崇敬与激动的神情。总书记面带微笑，步伐稳健地走到我们中间，他亲切地与我们这群年轻的道德模范交流、问候，那温和的眼神、和蔼的笑容，让现场的气氛变得格外温暖。

当总书记先后两次微笑着走过我的身边时，我感觉时间仿佛静止了，似乎有一股前所未有的力量穿透了我过往经历的所有困境与苦楚，让我深刻体会到，曾经的付出和坚持都是值得的。

结束了在北京的行程，我怀着激动的心情回到长春。

一下火车，我就被眼前热烈的场景所震撼。吉林省委、省政府给予了道德模范至高的礼遇，为道德模范们准备了热烈且暖心的接站仪式。红地毯从站台一直延伸到车站贵宾厅，两旁站满了热情的记者、手持鲜花的志愿者以及挥舞着欢迎标语的人们。

我沿着红地毯缓缓地走进贵宾厅，每一步落下，都像是踩在我那因激动而剧烈跳动的心上。脚底的触感柔软却踏实，一如此刻内心被幸福与感激填满的感觉。

其实，我们不过是茫茫人海中再平凡不过的普通人，所做的那些事，也只是出于内心的善良与责任，尽自己所能去帮助他人、回馈社会。能得到认可，已是我们心中最为珍贵的宝藏，让我们倍感荣幸与自豪。

然而，一场场庄重的仪式，将我们的荣耀一步步放大，让我们的成就变得熠熠生辉。这份重视，这份尊重，这份用心，这份关怀，让我们深深感受到自己的付出是如此有意义。

采访结束后，有同志将我邀请到隔壁，一打开门，我看到了在一旁等候的亲爱的爸爸妈妈。

爸爸妈妈身着朴素的黑色羽绒服，虽然衣着简单，但嘴角洋溢着幸福的微笑，眼神中满是骄傲与欣慰。他们张开温暖的怀抱，我毫不犹豫地扑了进去，紧紧地抱住他们。这一刻，所有的疲惫与激动都化作了泪水。爸爸在我耳旁轻声说道："今早我和你妈妈去给爷爷奶奶扫墓，已经把你的好消息都告诉爷爷奶奶了，他们在天上一定会为有你这个好大孙女而骄傲的。"听到这句话，我的眼泪不听话地往下流，这一天，恰好是奶奶逝世一周年的忌日。

自奶奶离开后，无数个想念她的时刻，我都会不由自主地抬头望向天空，看着那悠悠飘荡的云朵。在我心里，那些洁白的云朵就像是奶奶的化身，每一朵都承载着她对我的爱与牵挂。而今天，在我获得如此宝贵的荣誉之时，我仿佛能真切地感受到，奶奶正为我激动得热泪盈眶，她一定也在为我骄傲，为我自豪。当我抬头仰望天空，望着那一片片洁白的云朵时，恍惚间，就好像奶奶正张开她温暖的怀抱，轻轻地将我拥入怀中，给了我一个甜甜的、充满爱意的拥抱。

我知道，无论时光如何流转，无论我身处何方，奶奶的爱从未缺席，它一直陪伴着我，给予我力量，让我在人生的道路上勇敢前行，无畏风雨。

“全国道德模范”这一称号，对我而言，远不仅仅是一份沉甸甸的荣誉，它于我，是心灵深处的深刻触动，是灵魂层面的郑重鞭策。它时刻提醒着我，做好人，绝非一朝一夕之事，而是要用一生去践行、去坚守。

在漫漫人生长河中，生命的每一个阶段，都应成为我们发光发热的契机。无论力量多么微小，无论贡献多么有限，只要我们始终怀揣着一颗热忱之心，坚定不移地走在为社会奉献的道路上，我相信这点滴微光汇聚起来，终能照亮整个世界。

师生情长，不负“邵”华

漫漫求学路上，会有很多“遇见”。而师生缘，仿佛是一份镌刻在灵魂深处的约定，携手跨越知识的崇山、人生的激流，无惧风雨，在岁月里镌刻下独属于师生情的温暖篇章。

人生最美是初见。2021 年的那个冬天，暖阳透过树叶的缝隙，斑驳地洒在吉林大学劳动关系研究院的走廊上。光影交错间，我有幸去拜访韩喜平教授，他温文儒雅，博学中带着高级的幽默，这份幽默来自他的洒脱与丰厚的知识底蕴。在参观完他的劳模创新工作室后，韩老师带我参观了学院的名师墙，第一时间，我的目光就被展板墙上的一张蓝底证件照牢牢吸引住了。

照片中的她，双眸明亮而深邃，鼻梁高挺笔直，深棕色的卷发仿若灵动的绸缎，顺着那光洁如玉的额角优雅地披垂下来，每一缕发丝都仿佛带着岁月沉淀的温柔。但最令我心动不已的，是她那由内而外散发出的独特气质，那是一种被知识长期浸润后所拥有的淡然与自信，无须过多言语，便能让人感受到她丰富的学识和深厚的文化底蕴。

一开始，我完全沉浸在她的“颜值”魅力之中，回过神后，才关注到下面那同样耀眼夺目的简介：

邵彦敏，女，1967年8月生，中共党员，经济学博士，教授，博士生导师。国家“万人计划”教学名师，宝钢教育基金优秀教师，教育部新世纪优秀人才，获霍英东教育基金会高等院校教育教学奖等多项资助，享受国务院政府特殊津贴，吉林省“长白山学者”特聘教授，获吉林大学（力旺）杰出教学贡献奖等。

很多时候，人一旦有了明确的方向、期待的风景或者喜欢的人，就会产生一种神奇的力量，为了这个目标而拼尽全力。

确认过眼神，我便在心中种下了“一定要成为她的学生”的梦想的种子。

申请博士的那段时光里，我一边在杭州安装智能仿生手并进行着康复训练，一边准备着申博材料。训练如何控制智能仿生手其实是一件充满挑战且需要耐心的事情，因为仿生手是通过意识控制的高科技产品，有些时候我也会因为它的“不听话”而惆怅苦恼。每当我因为无数次的测试失败而感到沮丧时，我就会打开手机看看当时拍的那张邵老师的蓝底证件照，莫名地会有一种特别的亲切感，好像邵老师在对我说：“别着急，慢就是快，超凡值得拥有最好的。”

通过不懈努力，2022年，通过材料审核和面试，我以优异成绩如愿考到了吉林大学劳动关系研究院，成为“邵氏大家庭”的一员。新生入学时，正值央视对我的一期专访《奋斗者·正青春——独臂女孩张超凡：让残缺的生命长出“翅膀”》播出，邵老师便转发了朋友圈。当我点开她的头像，进入到她的主页后，我才看到2022年她的朋友圈只有两条新闻，一条是2021年吉林大学十大新闻，另一条写着“我的学生张超凡：不懈追求，创造精彩人生”。

那一刻，我感受到了老师的“例外”与“偏爱”。

当邵老师从新闻介绍中得知我从小的艰辛与成长的不易后，她始终用欣赏的眼光去发现我的优点、了解我的特性。因为我是跨专业读博，她便将帮助我补齐专业知识短板这件事放在了心上，开启了一场助力我成长的暖心之旅。

每天清晨，当第一缕阳光还未完全穿透云层，邵老师就已经在师门群里分享专业相关的讲座信息了。那些讲座链接就像一颗颗知识的种子，带着老师的期许和关怀，悄无声息地落在我们的手机屏幕上。只要是老师分享的讲座，我都会第一时间用手机定好闹钟，生怕错过任何一场知识的盛宴。临近讲座时间，我便会准时坐在电脑前，桌面那盏绿色复古台灯散发着柔和而温暖的光，将我的学习小天地笼罩在一片静谧之中。我聚精会神地聆听着屏幕里专家学者们的讲解，手中的笔在笔记本上飞速地记录着重点内容，每一个字都像是我追逐知识的脚步。学完之后我还会拍一张笔记的照片发给邵老师，再满意地去睡觉。

学院也会组织一些大型会议，邀请全国知名的专家学者来交流授课。无论周六日还是寒暑假，无论工作和生活有多忙碌，我都会毫不犹豫地调整自己的日程，准时奔赴会场，全神贯注地聆听每一位专家的发言，不放过任何一个学习的机会。在汲取专业知识的过程中，我尤其喜欢在邵老师身旁担任“小助理”。邵老师待人接物的方式方法，十分值得我学习。她对待每一位学者都谦逊有礼，交流时眼神专注，言语中满是对知识的尊崇以及对他人的认可。她的一举一动，都宛如生动鲜活的教科书。我在学习专业知识之余，也从她身上学会了在学术交流中，应如何展现出恰当的风度与素养。

还记得老师第一次指导我写小论文的时候。起初，我的论文简直“不忍直视”，可邵老师从来没有流露出一丝一毫的失望和嫌弃。她总是耐心地逐字逐句阅读，用笔在论文上圈圈点点，然

◎ 老师的“例外”与“偏爱”

后和我一起探讨存在的问题。哪怕她身在高铁上，她但凡有一点时间都会关注我们的学业，有时候看到老师在手机截屏上做标注，我都会特别感动。配合着截图，她会用语音给我留言，从文章的结构框架到每一个论据的选取，从语言的表达规范到标点符号的正确使用，她都不厌其烦地为我讲解。在她的精心指导下，我的论文从最初的杂乱无章逐渐变得“小有雏形”，观点更加明确，逻辑更加清晰。

而当我的小论文有幸获得主要领导批示，惊喜与激动如潮水般将我淹没时，邵老师毫不犹豫地将“第一作者”的位置给了我。她笑意盈盈，目光中满是期许与鼓励，温柔地说道：“当老师的，都会倾尽全力去托举学生。这篇文章凝聚着你的心血，我只是从学术层面提供了一些指导。听老师的，第一作者就写你的名字，把我放在你名字后面为你‘保驾护航’！”

那一刻，我心底最柔软的角落被深深触动，切实感受到了邵老师这份师恩的无私厚重与炽热，更感受到了她的“爱的守护”。

邵老师从教近三十年，在她的身上散发着一股“不服输”的劲儿，她没有躺在“功劳簿”上随遇而安，而是以“不饶自己”的劲头不断创新、日有进境。

一方面，她发挥所在全国重点马克思主义学院的特色和优势，在多层次立体化思政课教学体系中发挥重要作用，积极主导创建本科生思想政治理论课“探究式”教学模式。为全国多所高校思想政治理论课和课程思政做专题指导，并连续担任国家一流本科课程评审专家。

另一方面，她统筹安排吉林大学劳动教育课程，具体部署课程设计，实际参与劳动教育课程规划和执行工作，打造“全国劳模讲劳动教育课”新模式，在劳动教育教学和实践等方面取得了丰硕成果，用丰富的劳动教育教学经验和理论成果推动全国高校劳动教育发展。

我非常喜欢吉林大学的劳动教育课，这是课堂的纽带将“全国先进工作者”韩喜平老师、“时代楷模”吴亚琴老师、“大国工匠”李万君老师等等请到了我们的身边，让我能有机会近距离向榜样学习。

邵老师时常鼓励我说：“榜样就在身边，我们的小超凡，终有一天也会闪闪发光！”

邵老师不仅在学术上倾囊相授，她的为人处世，尤其是那份对母亲深沉的爱与责任感，也深深影响着我们，值得我们学习。

邵老师的母亲非常依赖她，老人家一天见不到她，就像丢失了心爱的宝贝，心里空落落的，甚至会像小孩子一样“耍脾气”。无论工作多么忙碌、繁重，邵老师每天都会雷打不动地往返驱车几十公里，去看望母亲。

邵老师对母亲的爱，细腻且深沉，温暖而绵长。她日常的每一个举动，都在默默诠释着孝道的真谛。白天，她会精心为母亲准备各种营养餐食；夜晚，她会耐心陪母亲聊天，无论白天工作多累，在视频的另一侧她都是妈妈最爱的女儿。那些看似平凡的瞬间，构成了她对母亲深沉的爱。这无声却有力的言传身教，远比书本上的理论知识更能触动我的内心，让我认识了一个更加鲜活、立体的邵老师。

我从博一入学起，便一直见证着邵老师对母亲的这份坚守。寒来暑往，从未间断。可命运却如此残酷，博三那年，噩耗传来，邵老师的母亲永远地离开了。那一刻，我仿佛能感受到老师心中那如刀绞般的疼痛。

一周后，邵老师给我打来语音电话。电话那头，她的声音听起来很疲惫，但还是条理清晰地跟我沟通着工作细节。结束时，我犹豫了一下，轻声问道："老师，您最近休息得怎么样？"

她沉默了片刻，声音有些哽咽："我最近总是做梦，梦到我的妈妈。"听到这句话，我的心猛地一揪，思绪瞬间回到奶奶去世的那段日子。那时，梦里见到奶奶成了我唯一能与她"重逢"的方式。

我眼眶一热，安慰老师说："她在天上都能感受得到，她很爱您，希望她不在的日子里您能好好替她爱自己。"

老师沉默了一会儿，带着一丝期许又有些不确定地问："她真的能感受得到吗？"

我用力地点点头，尽管老师看不到。我坚定地说："真的！您快乐，她就快乐。她只是去了另一个地方，用她的方式守护着您。"

那段时间，邵老师像一个不知疲倦的陀螺，忙碌地穿梭在办公室、教室和各种学术活动之间。很多人或许觉得她已经从悲痛中走了出来，全身心投入工作中。但我知道，她只是用忙碌来麻痹自己，试图让自己在白天不再陷入那无尽的思念与痛苦之中。

深夜，当一切喧嚣都归于平静，她也会孤单、无助，她也会在黑暗中默默流泪。她不仅仅是一位德高望重的老师，更是一位失去母亲的女儿，一个会伤心、会无助的平凡人。

在邵老师的精心指导下，我的博士论文已接近尾声。有一次，师兄半开玩笑地说："等超凡以后毕业了，回来的次数肯定就少了，老师您现在得让她多回来走动走动。"我立刻回应道："毕业了，我也永远是老师的学生，我可是要一直黏着大家的！"简单的话语里，满是对师门的不舍与眷恋。

杜威在《民主与教育》中提到："学生只有对教师形成依赖感，才有可能被塑造。"但邵老师却认为："最理想的状态是师生相互依赖。"

地球有八十多亿人，在茫茫人海中能与邵老师相遇，是命运对努力拼搏的我最大的馈赠。她的出现，改变了我的人生轨迹，让我看到了"山那边的海"。

当我跟老师提及，打算先把这篇文章呈给她审阅，之后再交付出版社时，老师嘴角含笑，轻声说道："你自己拿主意就好。"那一瞬间，老师眼中满溢的信任，如暖流般淌入我心间。我深知，这份信任，是她多年来对我悉心培养的认可，更是对我成长蜕变的欣慰。

邵老师常说："人生贵在'舍得'。舍去执念，方能收获成长；舍去浮躁，才能沉淀智慧；舍去眼前小利，才可赢得长远未来。先有舍，而后才有得。"在她的言传身教中，我逐渐领悟，这"舍得"二字，蕴含着人生的大哲理，是指引我前行的宝贵箴言。

师生一场，毕业并非这段情谊的终点，于我而言，这恰恰是情谊升华的崭新起点。在师门众多优秀学子中，我或许只是普通的一员，可老师给予我的关爱与教导，却从未有过丝毫轻慢。

正因如此，我满心期许，在未来的漫长岁月里，当老师需要之时，我也能成为她坚实的依靠，就如同她曾无数次在我迷茫无助时，为我遮风挡雨、指引方向一般。这份师生情，早已在时光中生根发芽，我愿用一生去守护、去延续、去用心体悟。

直至今日，2022 年新生入学典礼上的场景仍历历在目，校长的话语更是言犹在耳。当时，校长目光坚定，满怀期许地对我们说:“同学们，走出校园，愿你们不仅是多了一份学历，更重要的是，这段经历加深了你们根植于血脉中的家国情怀，赋予你们基于专业知识的自信与责任，培养了你们无须提醒的自觉和自律，让你们懂得了为他人着想的感恩和善良。慎始敬终，不负韶华!”这是学校对我们的期望，也是我不断前进的动力。

如今，我也成了长春理工大学团委的一名思政教师，每当站在“大学生骨干培训班”和“学习筑梦班”的讲台上时，我就会想起学校的教诲，想到孝顺的邵老师、知识渊博的邵老师、爱学生爱教育的邵老师。生命本就纯真，她不是神话，她是独一无二的、我最爱的老师邵彦敏。

在与邵老师相处的时光里，她用自己的一言一行，为我诠释了师者的担当与奉献。站在这三尺讲台上，我愿将从邵老师身上学到的一切，传递给我的学生，让这份师恩与爱，在教育的长河中不断延续。

“光”遇见你，就很美好

光，是宇宙馈赠的温暖诗篇，以闪耀的笔触，勾勒大自然的蓬勃生机，点燃青春的炽热激情，绘就梦想与希望的斑斓憧憬。

长春理工大学，这所“因光而生”的学府，承载着几代理工人科技报国的崇高信念，宛如一部厚重的史书，每一页都写满了对光学事业的执着与热爱，将“中国光学英才摇篮”的美誉，镌刻在时光的长河里，熠熠生辉。

从隆礼路的悠悠开篇，到卫星路的激昂乐章，大珩精神的传承之路，始终被一束光温柔笼罩，指引着一代又一代理工人，将“明德、博学、求是、创新”的校训，化作逐梦路上的坚实步伐，迈向无限可能的未来。

还记得2023年的秋天，风里满是成熟的气息，我怀揣着热忱与期待，踏入长春理工大学。面试那天，在我做完自我介绍之后，校领导目光温和而深邃地问我：“超凡，能讲一下你为什么会在诸多高校中选择长春理工大学吗?”

我微微仰头，目光坚定，缓缓说道:“长春理工大学是中国光学英才的摇篮，虽然我所学并非理工科专业，但我想努力成为学生们心中那束追逐梦想的光，带着他们无畏前行，奔赴灿烂的青春。”

正是因为吉林省引才留才的好政策，所有的入职手续都办得很顺利。就这样，我告别熟悉的企业，转身踏入高校的大门，开启人生新的篇章。

漫步在校园，秋风温柔地拂过，枝头的枫叶像是被大自然打翻的颜料盘染上了灿烂的金黄。从踏上这片土地的那一刻起，我就在思索：如何才能尽快地完成角色的转变？怎样才能成为学生们心中的好老师，引领他们成长？又该如何尽我所能，为学校的发展添砖加瓦，不辜负这份信任与期待?

我作为新入职的教师，参加了学校教师发展中心组织的为期两个月的入职培训。在第一周的培训课程中，经济管理学院院长以《叶的事业——如何做与学生共同成长的教师》为我们揭开了大学教育的面纱。她站在讲台上，穿着精致又得体，每一个细节都透露着她对课堂、对学生的深深尊重。那不仅仅是外在的装扮，更是一种内在态度的彰显。“思享者笔记”“一见倾肃”“价值塑造”“小菜鸟闯江湖”，她讲述中的这些独特的教育理念和创意，让我深刻地明白了，教育不仅仅是知识的传授，更是一场用心的经营。只有不断地创新，才能在教学相长的道路上越走越远，才能真正与学生共同成长。

在我走进校内的王大珩展馆那一刻，我好似才真正地走进长春理工大学的“心脏”。展馆里，每一件展品、每一幅照片，都仿佛在诉说着王大珩院士波澜壮阔的一生。他是中国光学事业的奠基人之一，为我国的光学发展做出了卓越的贡献。在新中国成立初期，国内光学技术极度落后，他毅然放弃国外优越的条件，回到祖国，投身于光学事业的建设中。他带领团队，克服了重重困难，成功研制出了我国第一台红宝石激光器、第一台大型光测设备等，创造出了一系列具有里程碑意义的科研成果，为我国的国防安全、经济建设提供了坚实的技术支撑。

他不仅是一位杰出的科学家，更是一位伟大的教育家。他深知人才对于国家发展的重要性，在科研的同时，也将大量的心血倾注在了教育事业上。他曾说：“我们这些老科技工作者的最高追求就是为国家、为民族负更多的责任，尽更多的义务。”“我已经 95 岁了，仍希望为祖国和人民服务，鞠躬尽瘁。”他的话语，朴实无华，却狠狠地敲击着我的心灵。

那个冬天，寒风凛冽，雪花纷飞，我再次踱步至王大珩校长的雕塑前。在漫天风雪中，我仿若与王校长展开了一场跨越时空的心灵对话，真切地体悟到他对教育事业那矢志不渝的热爱与忠诚。此刻，我眼中所见，早已不是一座冰冷的雕像，而是具象化的教育家精神：不仅仅是传授知识，更是塑造灵魂；不仅仅是追求成绩，更是培养人格。

这份伟大的教育家精神深深触动着我，也引领我踏上了自己的职业道路。当我站在人生新的起点，迎来的第一个工作岗位，便是在团委。在我心中，共青团事业宛如承接了这份教育精神的薪火，是一份与青春和光同行的快乐事业。

共青团于我而言，是成长路上最温暖的陪伴者与坚定的见证者，我对它有着深厚的情感。

犹记得十年前，我踏上返乡创业之路的第一个冬天，凛冽寒风中，共青团的领导带着部门负责人，专程来到我创办的“超凡公益梦想课堂”调研。他们带来的，不仅仅是整整一年的画具，更是孩子们眼中闪烁的希望之光，是对我这份梦想的有力托举。那一刻，我真切地感受到，在青春奋斗的征途上，有共青团与我并肩同行，给予我源源不断的力量。

当我在《一站到底》的舞台上过关斩将夺冠后，家乡的长春共青团公众号第一时间发出祝贺推文。那一个个饱含着祝福的文字，如同冬日暖阳，瞬间驱散了我拼搏途中的所有疲惫，让我深深感受到来自家乡那真挚炽热的爱意。

中国青年五四奖章、全国向上向善好青年、长春市十大杰出青年……这些闪闪发光的荣誉背后，每一个难忘瞬间，都有共青团如影随形的关爱。它见证了我每一次的努力与坚持，在我成长的每一步，都默默给予支持与鼓励。共青团早已融入我的生命，成为我逐梦路上最坚实的依靠，那些温暖的过往，也将永远珍藏在我心底，激励我不断前行。

正式上班第一天，办公室的曹老师特意从五楼下去接我，我边“爬楼”边听她为我介绍沿途的故事。踏入办公室，莹莹书记和大家都热情地迎了上来，我知道这就是未来与我“并肩作战”

◎ 加入团委大家庭的第一天

的家人们了。莹莹书记亲切地将我一一介绍给同事，每个人的眼神中都满是友善与欢迎，那股热忱瞬间驱散了我初来乍到的紧张与不安。中午时分，杨书记贴心地为我点了饺子。他微笑着看向我，亲切地说道："超凡啊，咱们有个说法叫'上车饺子下车面'，从今天起，你就正式成为咱们团委大家庭的一员啦！未来咱们齐心协力，共同奋进！"

话音刚落，同事们纷纷行动起来，唐老师迅速打开冰箱，将老陈醋、桂花香醋、白醋一股脑儿拿出来，整齐地摆在我面前，沈思老师还递上香气扑鼻的辣椒油。这一系列操作让我有些措手不及，这不正是生活中的小确幸吗？

午饭后，阳光正好，我在团委五楼会议室迎来了我在大学工作中的第一批学生，他们都是各学院精心推荐的优秀学生骨干。

一推开门，那扑面而来的青春气息瞬间让我眼前一亮，阳光的面庞，自信的笑容，每一个眼神中都透着蓬勃的青春朝气。他们就像一群怀揣梦想的追光者，眼神中有光，从那一刻起，我就喜欢上了他们。

我站在讲台上，目光缓缓扫过每一张年轻的脸庞，说道：“亲爱的同学们，大家好！我是负责追光宣讲团的张超凡，大家可以叫我超凡老师。在你们的大学生涯中，或许会遇到许多优秀的老师，但此刻坐在我面前的你们，是我成为大学老师后迎来的第一批学生，对我而言，这份缘分无比珍贵。我希望，在你们追梦圆梦的道路上，我能化作一束光，照亮你们前行的每一步。”我为同学们播放了我作为共青团中央青年讲师团成员录制的演讲《青春有为，负重致远》。孩子们看得非常用心，有的同学还流下了眼泪，或许在这不到二十分钟的视频里，她们走进了我的 18 岁，跟我与世界来了一场“遇见”吧。

播放结束后，我微笑着提问：“大家觉得演讲中最重要的因素是什么呢?”问题一出，教室里瞬间热闹起来。

一个男生自信满满地站起来说：“我觉得要有出色的语言表达能力，站在台上不怯场，才能把自己的想法清晰地传达给听众。”

另一个女生紧接着说：“还要配合恰当的肢体语言和做好表情管理，这样演讲才更生动，更能打动人心。”

这时，一个女孩小声地说：“我觉得首先要有一篇好的稿子，内容才是关键。”

我赞许地点点头，说道：“大家说得都很有道理，刚刚那位女同学说得非常对，记住四个字：内容为王。一篇饱含真情、用心创作的好故事，才能真正直抵人心。”接着，我对团省委关于宣讲的要求进行了解读，并布置了撰写初稿的任务。

然而，理想和现实总是有一些差距的。收齐初稿后，我发现不少同学的稿件内容空洞，缺乏真情实感。我不禁有些着急，担心这样下去难以达到预期的教学效果。于是，我利用课余时间，与同学们进行一对一交流，深入了解他们的想法和困惑。在交流中，我发现大家并非没有故事，只是不知道如何挖掘和表达。

为了帮助同学们提升演讲稿质量，我重新调整教学计划，开启了一系列专题授课。每周，我都会围绕“如何写好一篇演讲稿”“如何刻画人物形象”“如何制作精致 PPT”“如何选择演讲音乐”等主题展开教学。课堂上，我不仅分享理论知识，还结合大量实际案例进行分析，引导同学们积极参与讨论，让他们在思维的碰撞中逐渐掌握演讲的技巧。

当时，我的第一位小助理是一个做事严谨踏实的南方姑娘，她的名字谐音是“扇贝”，她也特别喜欢老师们这么称呼她。我让扇贝结合同学们的空课时间，精心编排了一份一对一的试讲表，这样既能精准判断同学们的优势与不足，也能避免他们因学业紧张而错过集体培训。

在一对一试讲的时间里，我会先为同学们倒上一杯我亲手煮的花茶，让他们放松心情，然后耐心地听他们试讲。试讲台下，是扇贝为我精心挑选的记录员和负责摄影的同学，我希望用镜头记录下宣讲员们成长的每一步路，毕竟梦在远方，花在路旁。

◎ 在吉大慧谷学校参加雷锋月活动

我会和同学们一起分析稿件，逐字逐句地推敲，毕竟一篇好的演讲稿就是要反复推敲才会出彩。

在试讲过程中，一个面容清瘦的姑娘深深吸引了我，她叫菲菲。看完她的稿子后，我发现整体的故事方向存在问题，若要修改，几乎等同于重写。但我非常欣赏她的表达能力和身上那股劲儿，于是我尝试引导她：“菲菲，你看，我们能不能换一个更正向的故事来诠释青春的力量呢？”

菲菲双眼放光地看着我，频频点头，那积极乐观的态度让我十分欣赏。即便面临推翻重写的巨大挑战，她依然满怀热情，渴望追求更完美的自己。后来，菲菲在演讲稿中这样写道：“10月

12 日下午，阳光透过玻璃窗，那光芒不仅照耀在超凡老师身上，更照进了我的内心。曾经只能在电视中看到的青春励志榜样，如今近在眼前。坐在超凡老师身边时，我总觉得她的力量无穷无尽，我的热情常常被她点燃、被她鼓舞着。”

经过一段时间的培训和指导，大家有了肉眼可见的进步。渐渐地，在团委所有老师共同努力下，我们组建起了首批“长春理工大学 00 后追光宣讲团”。他们敢想敢拼，勇于超越自己，也让我感受到了 00 后那种扑面而来的可爱与可塑！

长春理工大学十分重视人才，校领导说：“人才选择了长理，长理也必不会辜负人才。我们要为人才优化环境，让他们能毫无负担地追逐梦想。”为此，学校专门为我打造了“超凡梦想家”工作室。每当同学们带着学业的烦恼、生活的迷茫，或是对梦想的憧憬走进这里，大家会毫无顾虑地倾诉心里话，将憋在心底的烦心事一股脑儿倾诉出来。我和团委的老师们会耐心倾听他们的心声，真诚地为他们出谋划策，用理解与鼓励，帮助他们驱散心中的阴霾。毕业之际，不少同学还会特意回到工作室“打卡拍照”。对他们而言，这里或许就是他们的“能量加油站”。当“电量”不足时，他们就来这里“充满电”，然后以饱满的精神状态继续前行。

2024 年，团委全体成员齐心协力，怀揣着对教育与传承的热忱，我们精心构思并成功推行了长春理工大学“追光讲坛”创新工作模式。我们诚挚地邀请荣获国家级荣誉的大国工匠、英模人物来到长春理工大学，他们带着岁月沉淀的故事与坚韧不拔的精神，与“追光宣讲团”的成员们并肩携手，一同登上讲台，深入各个学院，走到大学生们的身边。

在学校党委的关心与支持下，“追光讲坛”从第一期略显青涩但满含诚意的开场，到第五期走进物理学院时初露锋芒的“小有成就”，再到第八期踏入计算机学院时的“星光璀璨”，每一步都凝聚着我们的心血与期待。

还记得在第八期活动现场，大家打开手机的手电筒一同摇动着，深情唱响《送你一朵小红花》，那闪烁的微光交织成一片温暖的星海，那天，恰好是我入职一周年。那一刻，时光仿佛定格，我满心感慨，这一路的奔波忙碌、无数次的挑灯筹备，在眼前这温馨而热烈的场景中，都化作了难以言喻的幸福与满足。

追光讲坛的灯光尚未完全熄灭，一个扎着高马尾的女孩突然气喘吁吁地奔到“超凡梦想家”，帆布包上的铜铃铛在暮色里叮当作响。她仰着泛红的脸颊，眼睛亮得像落满夏夜星辰，指尖紧张地绞着书边角：“超凡姐姐！我终于找到您了！”

七年前的记忆在她急促的叙述里徐徐展开：“我是您学妹，那时我刚上初一，当时我就听过您的演讲，大合影时候我还在您的身后呢！那时您写的第一本书《生活总会厚待努力的人》是我初中迷茫时候的一束光，没想到在长理我竟然再次与您相遇了！”

我望着她眼底倒映的灯影，忽然想起七年前那个在讲台上说“梦想会生根”的自己。原来有些相遇从不是偶然，而是时光织就的缘分——当她把蒲公英种子般的梦想悄悄埋进青春土壤时，某个平行时空里的我，正隔着岁月朝她伸出手。这或许就是最好的双向奔赴：你带着我的文字穿越长夜，而我在你眼里看见自己当年的模样。

紫娇老师也激动地给我发来微信："太令人激动了！从最初脑海里的构想，到如今在东区俱乐部大场完美落地，我们就像看着'追光讲坛'一点点长大!"是啊，这世界上没有天生的优秀，只要我们一直奔跑在慢慢变好的路上，青春的我们就值得夸赞!

"学习筑梦班""大学生骨干培训班""青马思想汇"以及"超凡梦想工作室"，这些平台宛如时光的记录仪，一笔一画地镌刻下我们奋斗的青春，承载着我们炽热的梦想。回首这段历程，看着这些丰硕成果，我内心满溢着感动与欣慰，由衷地感到，所有熬过的夜、付出的努力，都已化作这世间最美好的回馈，照亮了我们前行的道路，也点亮了更多同学的心灵。

苏轼曾言："犯其至难而图其至远"。教育之路，充满了挑战与艰辛，但正是在这些困难中，我们才能不断磨砺自己，追求更高的目标。路虽远，只要我们坚定地前行，就必将抵达；路虽难，只要我们勇敢地去做，就必定能够成功。长春理工大学这本书，每一页都书写着不同的奋斗故事。在这里，"光"与你相遇，就很美好。

我们年轻人也要关心下一代

二次创业的艰难，是我人生中一段刻骨铭心的经历。在黯淡无光的日子里，我如同置身于黑暗迷宫，每一步探索都充满迷茫与未知。

但我也是幸运的。在创业过程中，我有幸结识了一群将心血倾注于关心下一代事业的工作者。他们眼中闪烁的热忱，以及那坚定不移的执着信念，深深震撼了我，也让我初次窥探到关心下一代事业所蕴含的伟大意义与深远价值。

从那以后，关心下一代事业便如同一颗生命力顽强的种子，在我心底悄然扎根，汲取着希望与责任的养分，茁壮成长。在做事的道路上，我也时常会听到一些不一样的声音："关心下一代事业向来是'五老'发挥余热的舞台，你一个90后凑什么热闹?"为此，我也曾陷入过深深的思考。

直到有一天我读到了这样的话："……祖国的未来属于下一

代。做好关心下一代工作，关系中华民族伟大复兴。……”那一刻，我心中的困惑瞬间消散，前行的方向也变得清晰而坚定。

落笔的此刻，我的内心五味杂陈，满是纠结。我害怕自己的笔触太过稚嫩，无法精准地描绘出这些年里，关工委给予我的那份炽热而深沉的爱。那些关怀与帮助，温暖着我成长的每一步。

但即便满心忐忑，我仍决心写下这篇文章。因为在我心中，有这样一群人，他们是一群纯粹而伟大的老人，为了关心下一代的事业，默默奉献，不求回报。在与他们相处的日子里，我深切感受到，我们之间的情谊无关金钱，无关名利，唯有赤诚之心紧紧相连。

他们的眼中，装着像我一样的千千万万年轻人的未来。他们不图别的，只盼着我们能茁壮成长，越来越好；只希望我们能怀揣一颗勇敢的心，积极向上地面对生活。

这份纯粹的爱，这份无私的关怀，我将永远铭记在心。我也希望通过我的文字，让更多的人了解他们的付出，感受这份温暖人心的力量。

我与关工委的缘分，最早要追溯到2018年。那年我有幸被推荐为“长春市关工委火炬宣讲团”成员。自我从市关工委主任手中接过聘书的那一刻起，命运的丝线便悄然将我们缠绕在一起。

犹记初见主任，她周身散发着一种独特的气质，那是历经岁月沉淀后所独有的从容与优雅。一头利落的短发，几缕银丝若隐若现，彰显着她丰富的人生阅历。她的眼神里透着慈爱与关怀，一颦一笑间，尽显长者的风范。

只听她温和地说道："欢迎超凡成为长春市火炬宣讲团的一员，你是青少年的榜样，希望你以后能继续在关工委的平台上发光发热！"那声音，仿佛有一种神奇的力量，让我瞬间充满了使命感。

一周后，市关工委的班子成员来到艺凡艺术教育培训学校调研。当了解到超凡公益梦想课堂校区狭窄的困境后，为了让承载着孩子们的热爱与追求的公益梦想课堂，有个像样的办学场地，市关工委其后与区委、区政府多次共商对策。领导们不辞辛劳，四处奔走，只为帮我和孩子们寻觅一个新的"家"。

经过近一年的筹备和协调，2018 年国庆节，我终于租下了绿园区迎宾路上原省城建学院旧址。望着四层高的教学楼和空旷的大操场，我的心中满是对未来的憧憬，仿佛已经看到了孩子们在这里追逐梦想的身影。

同年冬天，我踏上了第三次创业的征程，筹建超凡教育集团。为了节省开支，既要考虑教学的实用性，又要兼顾孩子们的安全与舒适，我凭借自己所学的专长和前两次装修的经验，亲自设计施工图纸，频繁穿梭于各个装修材料市场。

每当我遇到难题，市关工委总能为我解除困扰，还提出了打造全区首个青少年爱国主义教育基地的想法，为超凡教育集团赋予了灵魂，让我对未来的规划更加明晰。

2018 年 11 月 6 日，在长春市关工委的推荐下，我有幸在长春德苑第一次见到了中国关工委的顾秀莲主任。见面之前，我特意在手机上查阅了她的资料。得知她的一生都在全心全意为人民服务，为优化我国妇女儿童生存发展环境做出了突出贡献。即便如今已年过八旬，她依旧坚守岗位，为关心下一代事业贡献着自己的力量。

还记得那时顾主任在道德模范的海报前停下脚步，认真聆听我的汇报。她不时轻轻点头，不断给我鼓励。汇报结束后，她脸上带着和蔼的笑容，给了我一个温暖的拥抱。那一刻，我仿佛感受到了她一路走来的坚定与担当，也汲取到了无穷的力量，更加坚定了我在公益教育道路上继续前行的决心。

在 2019 年 2 月，在长春市关工委、绿园区委和区政府的关怀与支持下，超凡教育集团全力投入，建成了“吉林省超凡梦想小镇”，总建筑面积达 35000 平方米。

自建成以来，我始终不曾忘过公益初心，带领志愿者们已免费接待近 6 万人次。我们一直致力于引领孩子们汲取知识、培养品德、坚定信念，听党话，感党恩，跟党走，让红色基因在他们心中生根发芽。超凡梦想小镇被授予全国青年文明号单位，同时也是省、市、区三级关心下一代教育基地。

长春市关工委时刻关注着孩子们的成长，定期选派火炬宣讲团的优秀讲师前来，他们的到来，让我感受到了组织的温暖。他们用亲身经历和深刻感悟，激励孩子们树立远大理想，培养自强自立的精神。

这些年，我怀揣着爱与祝福奋力奔跑，途中虽有委屈、不甘与疲惫如影随形，但我深知，总有那些人跨越山海，在岁月里默默守望。

2024年12月，顾主任来到长春理工大学调研，参观了王大珩展厅，还观看了满天星艺术团表演。而我有幸作为艺术团表演第一个节目的表演者，进行了题为《年轻人也要关心下一代》的演讲。

顾主任笑着说道:“关心下一代事业，可不单单是‘五老’的事业，也是年轻人义不容辞的责任与担当。”临行前，现场人潮涌动，顾主任在茫茫人海中向我挥手示意，脸上依旧是慈爱温和的笑容，一股暖流传遍我的全身，像是感到一种传承，一种力量的传递。

回首过往的岁岁年年，在生活与工作的每一个细微之处，我都被“关工人”那无私奉献、敬业至深的精神紧紧包裹着。

每次收到省关工委寄来的《春风》和《健康文摘》，我的思绪就会不由自主地飘向那些破晓前的清晨。那时，整个世界还在沉睡，我们或许还在温暖的被窝里做着美梦，而一些“关工人”已在逐字逐句地翻阅一份份报纸与杂志，寻找能给全省“关工人”带来启发与思考的知识宝藏，细心标记出“《春风》摘用”“《健康文摘》摘用”。每当我的身边有人抱怨“又加班”“工作太辛苦”的时候，我总会把这些故事讲给他们听。这些本应在晚年安享天伦之乐的老人，都还在为关心下一代的事业拼搏奋斗，正值青春、年富力强的我们，又有什么理由不全力以赴呢?

还有微信公众号和抖音号上的直播，“我们一起追超凡”“岁月如歌、人生有你”，这些精彩直播的“幕后英雄”，竟是一群年

◎ “岁月如歌、人生有你”励志分享会

过七旬甚至八旬的老领导们。为了让工作真正走进青少年的内心，他们勇于接受新鲜事物，带领着一群同样对公益事业满怀热忱的70后、80后、90后，组成了一支充满活力与创造力的团队。他们精心策划每一场直播，有时还会亲自“空降”现场，用青少年喜爱的趣味方式，将教育的种子，像春雨滋润大地般，悄无声息地播撒在青少年的心田。

当我在人生的道路上遭遇困难，陷入迷茫与无助时，第一时间向我伸出援手的，总是他们。等困难解决后，他们又总是微笑着，用最平淡的语气让我安下心来。我始终记得他们说：“我们帮你，就是在支持千千万万有梦想的年轻人。”而在未来的悠悠岁月里，我也愿擎起火把，温暖更多青少年逐梦的征途，毫无保留地传递从关工委前辈们那里汲取的力量。

每至雪花纷飞之际，我总会不自觉地仰起头，望向那片银白的苍穹，伸出掌心，虔诚地承接一片晶莹的雪花。看着它在我的手心慢慢融化，化作一滴剔透的水珠，我的思绪便不由自主地飘向“关工人”给予我的无尽关怀。

那是一种深入骨髓的温度，即便生活的凛冽寒冬骤然降临，我也不再心生畏惧。因为在我的血液中，流淌着“关工人”的赤诚与热烈，总有一个坚定的声音在我的血脉里激昂回荡：“奋斗过后，春天自会来临！”它激励着我，无论前方道路如何崎岖，都要怀揣希望，勇往直前，用不懈的奋斗去拥抱美好的未来。

行文至此，抬眼望向长春的二月天，寒风虽仍凛冽，可风雪已经渐渐平息，春天，还会远吗？

第四辑

科技赋能，向阳而生

“小草到了春天会长高，我的左臂会不会到了春天也能神奇地长长呢？”

儿时幼稚的梦想穿越时光来到我的30岁，我竟然真的“长”出了左手。

戴上凝聚中国科研力量的智能仿生手，我开始学着用“双手”拥抱生活。第一次用它稳稳握住笔，第一次用它撕开食品包装袋，第一次双手握把骑自行车……每一个珍贵的“第一次”背后，我都仿佛触碰到无数科研人员日夜钻研的炽热灵魂。

以新质生产力之光，照亮助残公益之路，这无疑是科技向善最温柔的注脚。

此刻，当你翻开这一辑，愿你能随着我的笔，真切地感受到科技散发的融融暖意，收获梦想在科技助力下破土而出的磅礴力量。

科技之光，点亮残缺人生

我曾无数次在心底发问：对于那些因身体的残缺，在生活中处处受限的人而言，科技究竟意味着什么？

它能否成为打开生活新可能的钥匙？能否帮助我们跨越那些难以逾越的障碍，重新拥抱生活的美好？

年幼时，我总会故作洒脱地跟小伙伴们说："我一只手也能行！"可每当看到他们灵活地奔跑、嬉戏，用双手尽情探索世界，我只能像只受伤的小鸟，默默躲在角落里。无数个寂静的夜晚，我都在心底渴望着，要是能有一双健全的手，我便能左手拉着爸爸，右手牵着妈妈，勇敢地追逐自己的梦想。

而如今，科技如同璀璨的光，照亮了生活的每一个角落，改写了生活的脚本。

时光悠悠流转，它以温柔且坚定的力量，让每一份深藏心底的期待，都在岁月的磨砺中渐渐绽放出耀眼光芒。在"守护"

（化名）的对接与帮助下，我有机会到浙江强脑科技安装那只特别的“左手”——智能仿生手。这是一款我们中国自主研发生产的高科技假肢，可以通过肌肉运动产生的肌电和神经电信号实现手臂自由运动。

还记得我初次接到韩博士电话时，长春的寒风仍裹挟着冬的凛冽，可听筒中传来的声音，却仿若带着杭州春日的融融暖风，一个憨憨气质的青年科学家形象，就此在我心中勾勒成型。

互加微信后，我怀着忐忑又期待的心情，坐在办公桌前，逐字逐句翻阅他朋友圈的每一条动态。当看到缺失双臂的朋友凭借仿生手挥毫泼墨、在乒乓球桌前敏捷挥拍，甚至挑战攀岩的极限时，我内心的震撼如汹涌浪潮；当看到独臂的古月用“新生”的双手，深情奏响《我和我的祖国》时，泪水模糊了我的视线；当视频里的一位中年父亲用仿生手为小儿子剥开香蕉，孩子惊喜得蹦跳起来、欢呼着“爸爸好棒”的画面映入眼帘时，我仿佛能感受到这位父亲多年来对这一刻的翘首以盼。

悉谣是韩博士的得力助理，从哈佛大学学成归来。她身高一米七几，身形挺拔，皮肤白皙如雪，棕黄色的头发松松地扎成一个低马尾，几缕碎发垂落在白皙的脸颊边，衬得她随性又温婉。

她眼眸明亮深邃，透着聪慧。交谈时，悉谣说话条理清晰，不管谈工作还是生活，她都能应对自如。巧的是，我们都爱小动物。一提到小猫小狗，她眼里就放光，会兴奋地分享救助流浪动物的经历，喜爱之情溢于言表。

她为我精心安排好行程后，我和妈妈怀揣着满心期待，踏上了飞往杭州萧山机场的航班。当飞机关闭舱门的时候，一个若有若无的声音在心底呼唤，我仿佛看到儿时的自己，以及那被岁月尘封了三十年的“儿时梦想”。刹那间，泪水模糊了双眼，我的心中五味杂陈。

落地那天，杭州的温度有些高，不知是因为我内心似火，还是杭州在以独有的热情，迎接来自东北的客人。前来接站的，是操着一口地道杭州口音的阿杰。他礼貌地问道：“请问是超凡老师吗？”我点头回应。

他紧接着说道：“我是阿杰，产品中心的老高手机没电了，我俩暂时失联了。虽然咱们未曾谋面，但我凭着直觉就认出了您。”他热情地接过我的行李箱，往地下停车场走去。

就在快下电梯时，老高急匆匆地从另一侧电梯跑上来，气喘吁吁地喊道：“我是老高，老高是我！”随后，他从身后印有强脑标识的黑色书包里拿出仿生手向我示意。看到那只手的瞬间，我悬着的心，如同飞机安全着陆一般，终于落了地。

一路上，我捧着那只属于我的智能仿生手，反复端详，满心欢喜，爱不释手。

坦白地说，在几个月前看到宣传视频里的“大黑手”时，我对它充满期待，毕竟它智能非凡、功能强大，但对于追求完美的白羊座的我来说，那略显粗犷的外形，总让我觉得差了些什么。直到老高一板一眼地解释道：“很多男孩子特别喜欢科技感十足的手，所以之前研发部做的都是黑灰色相间的双拼色金属感仿生手。但后来市场部发现，小朋友和女孩子们更青睐肉色的，与皮肤贴合度更高，所以这款手是我们最新调试的颜色，优先拿来给您佩戴了。”

一路上，老高兴致勃勃地给我讲述了许多有关仿生手的传奇故事，其中奥运火炬手佩戴它传递火炬的高光时刻，更是让我心生向往。

下了高速后，安装仿生手的第一站便是去装配中心测试信号。据说，那里有一位从业多年、经验丰富的资深假肢装配师在等着我。他网名叫“云中漫步”，见到他的那一刻，果然人如其名，说话语气平和，是个不急不忙的慢性子。他有着大大的耳垂，身着一件黑色圆领羊毛衫，黝黑的皮肤下，是一双常常笑得眯起来的眼睛，透着和善与温暖。云中漫步为我和妈妈泡了两杯西湖龙井，茶香袅袅。随后，他轻声说道：“请您把左臂袖子挽起来，我要用设备为您测试残肢的信号。”

听了这话，我的内心就像面前那杯被热水冲泡的西湖龙井，茶叶在水中悬浮不定，我的心也七上八下。云中漫步用双手轻轻握住我左侧的残臂，特别有耐心地说：“试想一下，您用左手握拳的姿势。”

所有人都围在我们身旁，房间里安静得只能听见自己加速的心跳声。我努力在脑海中勾勒左手握拳的模样，可信号曲线却毫无波动。

云中漫步又耐心地补充道：“超凡，别着急，咱们换一种方式。您可以尝试用右手做同样的动作，看看左手臂能否模拟出信号。”

这一次，我闭上眼睛，屏住呼吸，右手用力握拳，脑海中拼命回想握拳的感觉。当我悄悄睁开双眼，右手握拳的掌心已被指甲抠出了印子。我小心翼翼地问道："有信号了吗?"

老高递过水，关切地说："咱们休息一下再测试，可能是旅途太劳累了。"从他们的话语中，我知道，这次测试又失败了。我心里一阵慌乱。

云中漫步微笑着安慰我："超凡，别着急，您是第一次安装假肢，需要有一个适应过程。我和老高留下来再研究研究解决方案，要不，您和妈妈先回酒店休息，等我们消息，好吗?"

下楼时，我从老高他们细微的表情中察觉到，这次测试困难重重，形势不容乐观。因为这款仿生手是通过肌肉运动产生的肌电和神经电信号来实现手臂的自由运动，说白了就是"手随心动"，可要是测试不到手臂信号，后续的一切都无从谈起。

回到酒店，望着镜子中那个左右不对称的自己，儿时因身体缺陷被人质疑、抨击的场景历历在目，"7号楼的怪女孩"的称呼仿佛还在耳边回响，曾经的痛苦与自卑如潮水般涌上心头。

日落西山，夜幕降临，我终于明白，万事不由急切改变。人生似昼夜交替，再浓的哀愁也拦不住黑夜，催不来黎明。太阳有它的轨迹，到点自会升起。身处黑夜，不妨静赏星空，感受渺小与伟大，领悟等待的意义。我平复内心波澜，这时，奶奶曾对我说过的话在耳边响起："超凡，这世界上没有过不去的坎儿，更没有十全十美的人，遇事别着急，事缓则圆。"

次日，我收拾好心情，特意挑选了一件浅粉色外套，系上一条白色丝巾，以全新的姿态勇敢地迎接第二天的信号测试。

这天，在前一天的原班人马基础上，又多了一位90后技术人员，名叫英璞。他有着帅气的发型，脸庞稍显稚嫩，带着几分呆萌，一副薄薄的框架眼镜下，是专注而坚定的眼神。他一边认真配合着云中漫步反复测试我左臂不同部位的信号强弱，一边细心地照顾着我的情绪，时不时给我泡上一杯小青柑，温暖我的心。

经过一上午的反复测试，临近中午时，接收器的波线终于逐渐升高。就在那一刻，我们找到了一个关键的点，连接后仿生手的大拇指竟然轻微动了一下！这轻轻的一动，让我又惊又喜，忙问道："是这个点吗？需不需要拿笔圈上？！"

妈妈在一旁忍不住笑出了声："你这当老师的职业病又犯了。"就这微弱的一下，仿佛让我看到了黑暗中的一丝光亮。

随后，云中漫步激动地对老高说："我想到适合超凡的方案了！"说着，他按住刚才定位的肌肉运动点，用红色马克笔点了个点儿，然后解释道："超凡的残肢比较短，又是先天缺失，和后天截肢的情况不同，所以接收信号的程度自然会弱。我把测试器逐步向后推移，才找到了这个接收点。我们可以加长接收线的长度，在手臂后方取信号，或许会有新的突破！"

看着他眼中闪烁的光芒，我知道，那是希望的光，是生命的光，虽然微弱，却足以温暖人心、治愈灵魂。而这些细微的光芒汇聚在一起，就成了世间最美好、最温暖的存在。

就这样，老高迅速联系公司在深圳的工厂，紧急制作两条加长的信号接收线。在这48小时里，我的心情如同坐过山车一般，起起伏伏。或许是因为太在乎，又或许是因为太害怕失去，好在最后办法总比困难多，我终于迈出了双手拥抱生活的第一步。

妈妈提议，请几位装配师一起吃顿饭，庆祝这“万里长征的第一步”。说来也巧，我们几个都是东北人，大家不约而同地选择在杭州的街头吃顿东北烧烤。在东北人心里，没有什么事情是一顿烧烤解决不了的，如果不行，那就两顿。

饭桌上，云中漫步、老高和英璞频频举杯。后来，老高情绪有些激动：“超凡妈妈，您知道吗？超凡，是我们遇到的残肢最短的客户，她来之前，我们所有人心里都没底，她这么美好，我们真的不想让她失望。但真的，她是这组测试的第一人。”透过老高的眼镜，我看到了他眼角闪烁的泪花。

英璞挠挠头，腼腆地说：“如果今天还没有信号，我这饭都吃不下去了。超凡姐您可能不知道，我把您今天测试大拇指运动的视频传到公司群里，群里都沸腾了，大家都激动坏了。”

常言道“万事开头难”，当下我们所面临的仅仅只是第一步的检测，可前路漫漫，不难预见，后续还会遭遇数不清的艰难险阻与重重障碍。但我始终坚信，我们在一起，就会了不起！

在当下新质生产力蓬勃发展的时代浪潮里，我真切地迎来了与科技的首次“双向奔赴”。科技，不再是那一串串冰冷晦涩的代码，其背后隐匿着的，是一颗颗炽热滚烫的心。

科研人员们整日沉浸在实验室中，与昏黄的灯光为伴，面对棘手的技术难题，无论前路多么艰难险阻，他们皆咬紧牙关，日复一日、夜复一夜地反复尝试。是无数个日夜，才赋予了冷冰冰的科技以脉脉温情。此时此刻，他们无疑是我心中最可爱、最值得敬仰的人！

送你一朵小红花

生活恰似一场充满未知的漫长旅程，而希望则是沿途最烂漫的花朵，它扎根于我们内心深处，是每个人专属的心灵慰藉。

这朵花始终明艳动人，静静等待生活的微风将它温柔轻抚，如同《送你一朵小红花》里唱的那般，在平凡日子里，给我们力量，陪我们走过风雨。

安装智能仿生手，总共分为三步：测试信号、取模适配、调试练习。在加长接收线长度后，我们终于找到了接收点信号。如今，即将迎来第二步——取模适配。

清晨，阳光轻柔地穿过假肢装配中心那略带斑驳的玻璃窗，在地面洒下一片片细碎的光影，恰似为这场与希望的相逢铺上一层暖黄的滤镜。此刻，云中漫步熟练地穿上那件洁白的大褂，准备开启这关键的环节。而一旁配合取型的，是适配中心经验丰富的何医生。何医生虽脚步稍显迟缓，双手却稳稳地端着一盆温水，胳臂下紧紧夹着一卷石膏绷带，眼神中满是专注与坚定，安静而沉稳地站在一旁，仿佛在默默诉说着，即将开启的不仅是适配流程，更是我通向新可能的一扇门。

云中漫步接过工具，先是拿起透明薄膜，轻轻将我残缺的左小手臂包裹起来，他的手指轻轻摩挲，确保每一处都贴合完美。接着，他拿起红色马克笔，在关键的关节点上仔细标记。随后，他将石膏绷带浸入温水中，待其充分浸湿后，一圈又一圈地仔细包裹住我的残肢，每一圈都缠绕得均匀而紧实。最后，他拿起小刀，将拇指抵在我的左小手臂的石膏里侧，轻轻一划，精准地取出了残肢的阴模，那利落的动作，像是在雕刻一件艺术品。

取模的过程中，我的心像一只受惊的小鹿，在胸腔里怦怦直跳。我不停地找各种话题聊天，试图掩饰这份不安："这阴模做出来后，后面的工序是不是很复杂呀？后期还可以进行调试吗？"

云中漫步抬起头，脸上带着如暖阳般的笑容，轻声说道："放心吧，超凡，调试是需要的，但我尽可能每一步都做到最好，你就安心等着拥有新的'手'吧。"

听老高说，这取模步骤看似简单，实则暗藏玄机。

取型的专业性直接关系到后期适配假肢的舒适度，差之毫厘，谬以千里。我不禁对眼前的这两位医生肃然起敬，他们的每一个动作，都承载着无数人的希望，就像《送你一朵小红花》里唱的，"多么苦难的日子里，你都已战胜了它"，他们正在帮我战胜生活中的苦难。

我不由自主地打量起何医生，他是位80后，整个人散发着一种独特的魅力。他热情周到，心思细腻，总能在云中漫步需要时，提前将取型工具递到他手边。偶尔，他还会拿起相机，为工作中的场景拍照留念，那专注的神情，仿佛他拍下的每一张照片都是对希望的定格。

他离开时，我才注意到他走路的异样，心中不禁泛起一丝疑惑，但出于礼貌，我并未多问。我走到走廊，透过玻璃窗，看到他正在耐心地给前来咨询的残障朋友讲解假肢。阳光洒在他的白大褂上，勾勒出一圈温暖的光晕，他的嘴角带着笑意，每一个手势、每一句话都充满了力量，那一刻，我笃定他是个内心无比温暖的人。

当家属问到佩戴假肢会不会磨得很疼时，他一手拿起腿部的假肢模具，耐心地讲解材质，一边轻轻撸起自己的裤子，露出假肢："你们看，这款假肢的材质很柔软，贴合度也很高，只要取型准确，就不会有太大的不适感。我自己也戴了很多年假肢了，现在行动都很方便。"

那一瞬间，阳光照在他的假肢上，反射出一道刺眼的光，直直地刺入我的眼睛，穿透我的心灵。

原来，他也是在命运的旋涡中奋力挣扎过的人。

他看我发呆地站在门边，连忙热情地邀请我进屋喝杯茶："超凡好啊，我在网上查过你的资料，你特别励志，很高兴能配合强脑给你安装假肢。"

我问他："您戴假肢多久了？看您的状态真好呢！我这是第一次配假肢，多多少少心里还有点忐忑，但看到您感觉压力小多了。”其实，我内心也很想问他的腿是怎么造成的，但我知道，或许他同我一样，这样的问题听过的次数实在太多了，如果他已经过了自己内心那道坎儿，他会自己“云淡风轻”地说出来的。

“别害怕，你的勇敢我们有目共睹，以后你就会拥有一双与众不同的手去体验不一样的生活，其实，我们都是幸运的。”

当何医生说到“幸运”这个词时，我知道他是一个有故事的人。

“我是2000年出的工伤事故，当时人非常惨，我的两条腿和两只手都断了，经过医生抢救以后我的一条小腿被截肢了，另一条腿也是创伤性骨折。那时候我还是个二十多岁的小伙子，这些硬伤让我没法面对自己，更不敢奢求未来的生活。”他说这些话的时候，眼神里闪过一丝痛苦，但很快又被坚定取代，那一瞬间，我仿佛看到了他曾经在黑暗中挣扎的模样。

“那后来您是怎么度过这段最难熬的日子的呢？”我轻声问道，心也跟着揪了起来。

“过了三个月吧，我就出院了。去一家疗养院做康复训练。在那里，我碰到了一个跟我年龄相仿的二十多岁的小姑娘，叫小花，她很漂亮。而我，我不敢直视她。因为那时候我的手啊、腿啊都是纱布和绷带包住的，而她坐在轮椅上，四肢都在。”

何医生微微低下头，像是在回忆那段青涩又痛苦的时光。

“后来，你们成了好朋友是吗？”我脑海中幻想着：或许这位女孩，就是上天派来温暖、治愈何医生的天使吧。

“我当时哪敢跟她说话，因为我觉得我的样子实在太难看了。

一段时间以后，我们在院子里再次偶遇，她主动跟我打了招呼。当时，我刚刚安装上假肢嘛，走起路来还有些跌跌撞撞，走一会儿就会累得一头汗。她递过一张纸巾对我说，她真的特别羡慕我。当时弄得我一愣，后来我才知道小花是脊柱损伤，她的下半生都要在轮椅和床上度过了。而她羡慕我，余生还有机会能站起来。”何医生意味深长地说着，眼中泛着泪花，那泪花里，有对小花的心疼，也有对生活的感慨。

何医生说，自那以后，他每天就更加努力地练习戴着假肢走路，因为他走的每一步，都承载着更多像小花一样的残障朋友的渴望与祝福。就像歌里唱的“送你一朵小红花，开在你昨天新长的枝丫”，小花的一句话，成为他生活中的小红花，激励着他不断前行。

二十年后，何医生通过不懈的学习与努力，成为一名假肢装配师，在浙江杭州这样温润的城市里，用心为更多的残障朋友们装配假肢，并鼓励他们用双脚丈量世间的美好。

“超凡，我先下班了。我媳妇今天做好吃的了。”夜色已经降临，华灯初上，何老师边说边脱下白大褂，嘴角都是幸福感。

那天下午，我的内心是温暖的，何医生的故事犹如春风化雨，给予我生命的力量。人与人之间传递出来的温暖，可以抵御世间的冰冷、孤独和无助。

回去的路上，不爱走路的我并没有马上打车，而是沿着马路走了很久。车水马龙中，我低下头看看我的腿，那一刻，我突然觉得我是如此幸福地站在人生的转角处。我至今不知道，何医生会不会把他的故事讲给他所有的患者，但听完他和小花的故事，我仿佛也遇见了小花，遇见了她带给别人的“羡慕”与希望，我也由此更加珍惜生命中我所拥有的一切。

写这篇文章之前，我征求了何医生的意见，可否把他的经历写进书里，分享给更多的读者。他给我回复说：“超凡就是小太阳，没想到我也被写进书里了，那我到时候一定要把书送给更多的人。”

我回复道：“到时候，我一定在送您的书上画上一朵漂亮的小红花。”

生活或许充满了坎坷与磨难，但请相信，我们每个人都值得拥有一朵小红花。这朵小红花，是他人给予的温暖，是自己内心的坚强，是生活中每一个美好的瞬间。

生命是一个大大的椭圆，有些时候当我们在羡慕别人的时候，其实也同样有人在半山腰羡慕着我们。

从今天起，就让我们用温暖的心，爱他人，爱自己，爱万物，爱一切。愿你我心有所向，温暖抵达，在人生的旅途中，绽放属于自己的光芒，让希望之花永远绚烂地开放。

◎ 用智能仿生手折出的千纸鹤

科技向善，重“掌”人生

曾经，我无数次在黑暗中期待着这只手的到来。如今它虽姗姗来迟，但这份喜悦与满足却丝毫不减，这何尝不是命运给予的一种馈赠呢？

第一次佩戴好智能仿生手后，我站在镜子前，从上到下，从左到右，一寸一寸地细细打量着镜中的自己，那是我梦寐以求的“完美”模样。

我缓缓将双手举过头顶，眼睛一眨不眨地盯着，看着两只手平齐的样子，一种难以言喻的满足感涌上心头，它们真的一般高！接着，我张开双臂，像是要拥抱整个世界，没错，它们一样长！我轻轻把右手搭在仿生手上，镜中的自己，温柔又淑女，我恍惚觉得自己是从江南水乡的水墨画中走出的人。这是我人生中第一次真真切切地拥有双手，那种奇妙的感觉，如同电流般传遍全身。

一时间，兴奋如潮水般将我淹没，我竟不由自主地做起了广播体操。抬手、踢腿、转身，每一个动作都带着前所未有的自信与畅快。曾经那些只能在梦中实现的动作，此刻就在眼前真实地上演。

看着镜中活力满满的自己，我不禁想起那句话：“在命运为我们安排的时区里，一切都刚刚好。”此刻，我满心都是对生活的感恩，特别期待见到为我安装仿生手的“幕后英雄”韩博士。

在悉谣的精心安排下，我来到了充满科技氛围的余杭区人工智能小镇，韩博士他们在杭州的公司就坐落于其中一栋建筑的二层。刚踏入公司，简洁大气的白色调映入眼帘，搭配着小面积的黑灰元素，营造出一种高级的科技感和沉浸式的纯粹氛围，让人仿佛置身于未来世界。

电动玻璃门缓缓拉开，韩博士早已站在门口，满脸笑意地迎接我和妈妈。提到韩博士，他的履历堪称传奇。他出生在黑龙江省，自幼便是“学霸”，凭借全国生物竞赛一等奖的优异成绩，青年时期便奔赴海外求学。作为哈佛大学脑科学中心的博士生，在神经科学和脑机接口领域造诣颇深。在事业的黄金时期，他毅然回国创业，一举成为国内首个脑机接口领域独角兽公司的创始人兼首席执行官，还于2022年荣登《财富》“中国40位40岁以下商界精英”榜单，令人钦佩不已。

见到韩博士本人，我不禁感叹，他的微信头像真是毫无“美颜滤镜”，除了当天没穿那件标志性的科研白大褂，其余简直和照片一模一样。随着交流的深入，我越发觉得他是个可爱又有趣的“憨憨”。他身高一米八左右，黑色套头羊毛衫搭配藏青色牛仔裤，戴一副方框黑边眼镜，宽宽的鼻子旁是超厚的大耳垂，透着一股福相。深邃的眼神中满是真诚，精心打理的小短胡，更增添了几分成熟与睿智。他一开口，专业知识与幽默感完美融合，没聊几句，我俩就自然而然地切换到了“东北话模式”，亲切得如同多年老友。

我向韩博士抛出问题：“要是用一个标签来形容你自己，你会如何定义？”

“一个有灵魂的科学家。”韩博士一脸严肃地说。可在我看来，他实在太幽默了。

不得不说，他的状态令人羡慕，达到了生活的绝佳境界：既有深邃的思想，又不失人间烟火气，完美诠释着“一半科技，一半烟火”的生活态度。

随后，韩博士带我参观展厅。在这里，我见到了双臂缺失却凭借智能仿生手写出漂亮书法作品的倪大哥。只见倪大哥熟练地操控智能仿生手，稳稳拿起毛笔，轻轻蘸墨，笔锋游走间，“超凡”二字行云流水般跃然纸上。写完后，他更是精准地将毛笔尾部的小线绳挂在了笔架上，整套动作一气呵成。

倪大哥热情地伸出仿生手与我握手，握手时，那恰到好处的力度，不禁让我回想起自己练习使用仿生手时，那些被我用力过猛捏烂的水果。

目睹倪大哥的高超技艺，我在心底暗暗发誓：一定要向他学习，刻苦练习用智能仿生手写书法、画国画！

展厅的书法桌上方，悬挂着一台液晶电视，正播放着央视科学实验节目《加油！向未来》的片段。节目中，佩戴智能仿生手的女孩林安露与著名钢琴家郎朗合作，四手联弹《乘着歌声的翅膀》。柔和的灯光下，林安露智能仿生手的指尖在琴键上灵动跳跃，优美的旋律缓缓流淌，不少观众深受触动，感动落泪。正如撒贝宁老师所说："我听到了梦想的样子，也听到了生命的力量。"

在那之后漫长的做康复训练的日子里，我每天早上八点半都会准时到达公司。我借用倪大哥的毛笔和各类字帖，用着强脑公司工作人员细心为我裁好的宣纸，开始练习用智能仿生手写字。或许是因为东西是借来的，便格外珍惜使用的每分每秒，我全身心投入练习之中，期待着自己也能如倪大哥、林安露那般，熟练驾驭智能仿生手。

事非经过不知难。看倪大哥写字，行云流水一气呵成，可真轮到自己拿起笔，才发现这过程远比想象中艰难。刚握住毛笔，我的仿生手臂止不住地颤抖，好似杨过初次拿起玄铁重剑，那沉甸甸的无力感从手臂传遍全身。我尝试着屏住呼吸，想要稳住手臂，可它依旧不听使唤，每一个笔画都在颤抖中扭曲，写出的字歪歪扭扭，笔画边缘满是紧张带来的锯齿和毛刺。看着这惨不忍睹的字迹，我心里不禁泛起一阵失落，难道我的智能仿生手真的无法驾驭这小小的毛笔？

但骨子里那股不服输的劲儿，驱使我选择"厚着脸皮"坚持。我不断告诉自己，每一次失败都是走向成功的一步。就这样，我沉浸在练习中，纸张一摞摞地加厚，不知不觉，公司里好

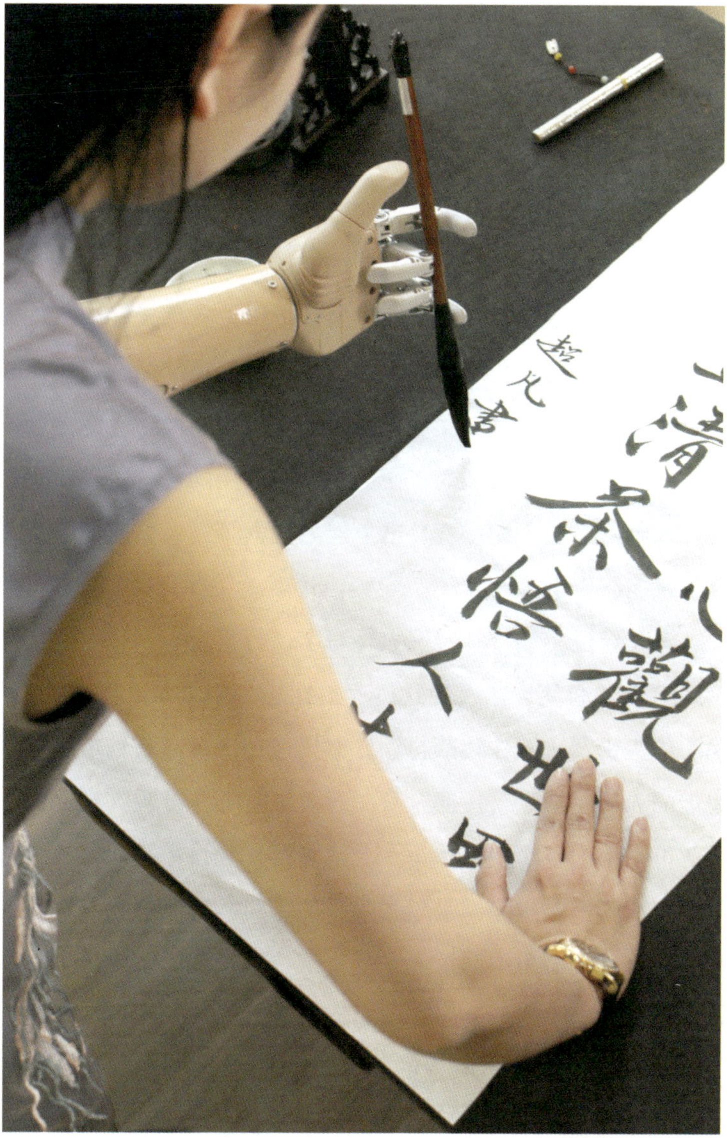

◎ 用智能仿生手练习写字作画

多人竟误以为我是展厅新来的全职科技体验官。听着液晶电视里《加油！向未来》的节目声，我熟悉到能预判撒贝宁何时带头鼓掌，而我的左手臂，虽因长时间练习红肿不堪，甚至晚上睡觉的时候还会被肌肉神经跳动疼醒，我却也在这过程中积攒了更好的体力和耐力。

起初，我只能用左手艰难地写下两个字，写一些好朋友的名字。渐渐地，我能写出五个字的“为人民服务”，后来甚至能驾驭八个字的“星星之火，可以燎原”。在笔墨的挥洒间，往昔的迷茫被一点点驱散，忙碌生活中的琐碎烦恼也悄然消解。

书法写累了，我便回到屋里，投身于自创的游戏“解救小熊”。游戏很简单，就是用仿生手两指捏和三指捏的方式，将三厘米高的塑料小熊从危险的积木上解救到地面，过程中不能碰倒积木。刚开完会的老高，原本头昏脑胀，看到我专注玩着这看似幼稚的游戏，忍不住感慨：“超凡能把幼儿园小孩玩的玩具玩得这么认真，这种敢于从基础重新开始的勇气，太值得我们学习了。”

其实，这每一次解救小熊的尝试，就如同我练习书法时克服困难一样，都是我与自己和解、不断突破的过程。大家总是绞尽脑汁，创造各种机会帮我训练。当我学习用仿生手撕食品包装袋时，办公室的同事们仿佛开启了一场零食大作战，分批把全单位搜罗来的零食堆到我面前。我深吸一口气，缓缓张开手指，小心翼翼地捏住饼干袋的一角，随着“嘶啦”一声，袋子成功撕开，周围会响起一片“哇哦”的赞许声。我每撕开一袋，他们就在旁边欢快地“消灭”一袋，办公室里满是欢声笑语。

有一回，微波炉“叮”的一声清脆声响，提示汉堡包加热好了。我眼前一亮，这不正是绝佳的训练契机嘛！我噌地站起身，大声宣告：“大家都别动手，让我用仿生手来试试，保证不烫手！”众人好奇地围拢过来，目光齐刷刷地聚焦在我手上，眼睛一眨不眨。我稳住心神，深吸一口气，伸出仿生手，稳稳地抓住汉堡包，接着缓缓往外拿。“哇，超凡，你太厉害了！”夸赞声此起彼伏，我心里别提多得意了。

后来，听强脑的高级副总裁何熙昱锦说，他们马上就要研发出能感知冷热、分辨软硬的新版仿生手了，到时候功能会更强大，我兴奋得差点蹦起来。科技源于生活，又回馈生活，看着自己愈发熟练的动作，再瞧瞧大家欣慰的笑容，那一刻，我深深体会到科技与生活交融带来的温暖与力量，所有的努力与汗水，都化作了此刻满满的幸福。

为帮我舒缓训练时的紧绷神经，何熙昱锦和悉谣一脸神秘，带着几分小得意，非要把她俩的“心头宝”介绍给我认识。刚踏入那个“神秘领地”，一只圆滚滚的布偶猫映入眼帘，它正大摇大摆地晃悠着，气场十足，仿佛整个办公室都是它的地盘。这只猫可不一般，作为公司全年 365 天无休的“元老级员工”，它的日常就是在办公室开启“视察之旅”。财务总监的沙发，更是它的“专属宝座”，只要跳上去，它便舒舒服服地趴下，眼睛半眯着，那模样，活像在一丝不苟地“督导数据准确性”，大家都亲昵地喊它“团总”。

说起来有些不好意思，以前我对猫怕得厉害，就怕它们突然伸出爪子挠我。可当团团慢悠悠地朝我走来，仰着脑袋，用那双水汪汪的大眼睛望着我时，我的心瞬间就软了。我试探着伸出仿生手，轻轻抚摸它的脑袋，它不仅没躲开，还惬意地眯起眼睛，喉咙里发出“咕噜咕噜”的声音。自那以后，每次用仿生手给它开猫罐头、喂猫条，它都吃得狼吞虎咽，吃完还亲昵地凑过来跟我贴贴，毛茸茸的脑袋在我手心里蹭来蹭去。这时我才惊觉，小猫咪竟如此可爱、如此治愈。

正逗着团团，一阵清脆的嗒嗒声传来，扭头一看，原来是一只颜值超高的马尔济斯犬迈着小碎步跑了过来。它叫波波，头上精致的小发卡，颜色总是和何熙昱锦身上的旗袍搭配得相得益彰。这小家伙更不简单，曾在哈佛法学院“旁听”过课，后来跟着主人回国工作，能听懂中英文双语对话。波波最爱在下午溜达进我的训练室，让我用仿生手给它按摩头部，那小模样，萌态十足。

正如我的一个好朋友说的那样：“生活，就应当努力使之美好起来。人生何其短，要把生活过成我们喜欢的模样。”一个悠然的周末，杭州灵隐寺山脚下的茶楼中，茶香袅袅。我身着灰蓝色调的长裙，在清浅悠扬的古琴声里焚香、泡茶。在书香文墨的环绕下，我戴着仿生手，一笔一画，创作出书法作品《一颗静心观世界，半盏清茶悟人生》。那一刻，时光仿佛静止，岁月的温柔都融入这一方天地。

那日，我回顾过往，愈发觉得，生活的繁杂如同茶叶，在时光的沸水中翻滚，最终泡出醇厚的滋味。我将这段难忘的杭州时

◎ 与韩博士（右）、何熙昱锦（左）

光视作生命美好的馈赠，把它内化为一种恬静且渴望蜕变的生活方式，充盈自己的灵魂，这般美好难以言表。

有一回，我满怀好奇，向韩博士问道：“老韩，当你看到我安装上智能仿生手后，最真实的感受是什么呢？”

韩博士缓缓说道：“做科学最怕的，就是学到的知识、做出的成果，对这个世界毫无影响。当看到你佩戴着智能仿生手，开心地使用它，我觉得我所学的每一个神经科学知识，所写的每一行代码，所熬过的每一个夜晚，都有了非凡的意义。那是一种强烈的安心感，更是一种巨大的鼓舞，激励着我们把它做得更好。”

他的话音刚落，手机这头的我瞬间哽咽，千言万语堵在心头，却难以言说。我深知，信任永远是相互的，真心也总是在互换中愈发炽热。在这一来一往间，我们看见真心，收获真心，让人生旅途一路繁花相送，让彼此的情谊长久地感动着我们。

如今，韩博士的创业梦想结出了累累硕果，他所带领的企业已跻身杭州“六小龙”之列。《新闻联播》曾报道，强脑科技的智能仿生手于今年成功实现量产，更令人振奋的是，其市场价仅十余万元，价格仅为国外同类产品的五分之一到七分之一。三十多年前，爸爸因为我安装假肢的价格过于高昂而无奈放弃的梦想，在这一刻终于实现！

在韩博士的追梦征程中，还有众多像我一样怀揣着对生活的热爱与渴望突破自我的“超凡”之人，得到了他及团队全心全意的帮助。他们以实际行动，生动诠释着生命中“超越自我，凡事皆有可能”的深刻内涵。

转眼，又是盛夏，我和韩博士在北京重逢了。我们作为获奖代表，受邀参加第七次全国自强模范暨助残先进表彰大会。看着彼此，我们会心笑笑，功不唐捐。而在科技向善的路上，他仍然在努力奔跑，晚餐时，他对我说道：“脑机接口的技术边界还能不断突破，未来会精准对接更多残障群体的需求，让他们的生活半径再拓宽些。”……

现在的我，已然练就了诸多“超能力”：能“双手”协作拧瓶盖、骑自行车、烘焙美味蛋糕，还能用仿生手写书法、画国画。不知从何时起，我已忘却曾经对穿短袖的夏天的抵触，满心只记得要传递更多的爱与希望。

◎ 用智能仿生手插花

有幸被照亮，也想成为光

我曾收到一封来自残障小朋友妈妈的私信，字里行间满是辛酸，又充满了对未来的希望。信中写道：“超凡，你的成长历程，就像在我无数个被泪水浸湿的不眠夜里，点亮了一盏熠熠生辉的希望之灯。无数个夜晚，我独自默默流泪，在凌晨两三点，将那些无处诉说的无助与恐惧，宣泄在仅自己可见的动态里。我满心都是害怕，害怕有一天我会离开这个世界，留下我那特殊的宝贝，不知该如何面对生活的风雨。直到在电视上看到你，你的每一个笑容、每一个眼神，都如同天使洒下的温暖光芒，让我们坚信，即便被命运特殊对待，只要不懈努力，也能活得天高地阔，让生命绽放光彩。”

这样的私信，在我的邮箱和微博里还有很多，每一封都承载着沉甸甸的信任与期待，让我更加坚定了努力奋斗的意义，也让我明白，自己的经历或许能成为温暖他人生命的一股力量。

潼潼，这个出生于2010年9月的女孩，是我们“前臂缺失公益项目”的受助者，免费安装了和我同款的智能仿生手。她文静温和，浑身洋溢着可爱的气息。她的字迹娟秀，绘画天赋出众，屡屡在各类比赛中获奖。命运是在她一岁时，无情地跟她开了个残酷的玩笑：她被查出患有罕见病卡波西血管内皮瘤，肿瘤残忍地夺走了她右手的正常功能。十年来，她的生活充斥着医院消毒水的味道，吃药、打针早已成为她生活的常态。她跟随家人辗转于北京等各大城市的医院，小小的身躯，承受着常人难以想象的痛苦。

在她的作文《我的偶像》里，她这样写道：“我的偶像是张超凡，我喜欢超凡姐姐在《中国诗词大会》上展现出的腹有诗书气自华，喜欢姐姐在《一站到底》中的霸气与博闻强识，更喜欢姐姐在《谢谢了，我的家》中对父母的感恩和对生活的细腻描绘。”读到这些文字时，我的内心满是感动，也深知自己肩负的责任更加重大。

而潼潼的妈妈，不仅是一位在新闻领域深耕，以笔为剑、以镜头为眼，挖掘世间万象背后真相的优秀新闻记者，更是一位为了孩子可以倾尽一切，将所有的爱与关怀毫无保留地倾注在潼潼身上的伟大母亲。

2022年的夏天，阳光格外炽热。我受全国妇联邀请，作为唯一的女性教育界代表参与录制喜迎党的二十大的《党的女儿——“以梦为马”的超凡姐姐》纪录片。在纪录片导演团队的精心安排下，我终于有机会将潼潼母女邀请到北国春城——吉林长春。

初见潼潼时，她有些羞涩，白净的脸庞上满是青春的胶原蛋白，一件白色长袖花边衬衫，更衬出她的纯真。她的个头已经悄悄超过了妈妈，亭亭玉立，宛如一朵含苞待放的花朵。

拍摄首日，我们来到了承载着长春历史与记忆的南湖公园。这座始建于1935年的城市公园，历经岁月洗礼，宛如一位饱经沧桑的长者，静静诉说着长春的过往。

走近南湖，澄澈湖水映入眼帘，广阔湖面波光闪烁，垂柳依傍。湖边的南湖大桥是标志性建筑，站在桥上可览南湖美景与城市风光，感受历史与现代交融。

我身着白衬衫、编着高马尾，跨上自行车沿湖骑行，微风拂面，沿途光影斑驳、繁花相伴，湖景如画，我沉醉其中。潼潼看到我用仿生手熟练骑车的模样，羡慕得在原地直拍手。

结束一天的拍摄，准备回酒店时，潼潼悄悄对妈妈说："妈妈，我想跟超凡姐姐合个影，可以吗？"潼潼妈妈轻轻拍着她的肩膀，温柔地鼓励道："想合影就自己去跟超凡姐姐说呀，你不是一路上都盼着呢吗？"

潼潼深吸一口气，鼓起勇气走到我面前，声音带着一丝紧张与期待："超凡姐姐，我能跟您合个影吗？"

我笑着回应："当然可以啦，咱们比个心吧！"我提议让潼潼妈妈站在中间，我和潼潼一左一右，用双手比出爱心，将这位伟大的母亲紧紧包围。

潼潼妈妈看着我们，眼眶瞬间红了，声音略带哽咽地说："这是我当记者这么多年，收到的最美的比心。"

第二天拍摄时，阳光透过淡薄的云层，洒下一地金黄，为这个普通的日子镀上了一层温暖的光辉。我带着潼潼来到熙熙攘攘的超市，货架上琳琅满目的商品在灯光下泛着诱人的光泽，空气中弥漫着生活的烟火气息。

我想科技本就该融入这烟火日常，为生活带来便捷与惊喜。

我带着潼潼走到超市水果区，圆润饱满的苹果整齐地摆放着，散发着诱人的果香。我拿起一个苹果，笑着对潼潼说："潼潼，今天超凡姐姐教你用仿生手抓苹果，我刚佩戴的时候就在强脑公司这样训练过，可有意思啦！"

潼潼看着仿生手，眼中满是好奇，却又带着一丝不自信，小声嘟囔着："姐姐，我怕抓不好。"

我轻轻摸了摸她的头，安慰道："没事宝贝，只要是你抓的，咱们都要！姐姐买单。抓得好不好都没关系，咱们的导演组这么多人，肯定能把它们都消灭掉！"潼潼被我逗笑了，脸上露出两个甜甜的酒窝，她深吸一口气，勇敢地伸出仿生手，准备尝试。

刚开始，潼潼的动作显得有些笨拙，仿生手在苹果上方微微颤抖，迟迟不敢落下。我在一旁耐心指导："别着急，慢慢靠近，想象自己的手先是张开，然后握住苹果，最后拿起苹果装袋子。"

潼潼按照我的提示，缓缓靠近苹果，可就在她即将抓住苹果的那一刻，仿生手却突然松开了，苹果咕噜咕噜地滚出了好远。潼潼的眼神瞬间黯淡下来，满是失落。我连忙跑过去，捡起苹果，鼓励她："没关系，第一次都这样，咱们再来，你已经做得很棒啦！"

◎ 指导潼潼使用仿生手

潼潼重整旗鼓，再次尝试。这一次，她的动作沉稳了许多，仿生手稳稳地靠近苹果，然后慢慢合拢。就在我们都以为她要成功的时候，意想不到的事情发生了——我在一旁用于演示的仿生手突然发出“嘀嘀嘀”的低电量提示音，紧接着，它的动作变得迟缓起来，最后竟然停在了半空中。这使得我无法在一侧带着潼潼同步进行了，只能用语言指导她练习。

这时，周围的顾客被我们这边的动静吸引过来，纷纷投来好奇的目光。潼潼感受到了周围人的注视，有些紧张，动作又开始变得慌乱。我轻声说：“别管其他人，就当只有我们两个人，你专注于自己的想象，相信自己，你一定可以的。”

潼潼深吸一口气，努力让自己平静下来。她再次伸出手，这一次，她的动作虽然缓慢，但充满了坚定。她的手一点点靠近苹果，就在快要触碰到苹果的瞬间，旁边的一个小朋友不小心撞了一下潼潼的胳膊，她的手猛地一抖，又一次与苹果失之交臂。

潼潼的眼眶里蓄满了泪水，委屈地看着我："姐姐，我是不是太笨了，怎么都抓不到。"

我拍拍潼潼的肩膀说："潼潼最棒了，这可不是你的问题，是这些小意外在捣乱。我们再试一次，这一次，肯定能成功！"

在我的鼓励下，潼潼再次鼓起勇气。她紧紧盯着苹果，缓缓伸出手，按照脑海中的想象，一点点握住苹果。可这次，因为用力稍大，苹果被她捏坏了，汁水从指缝间流了出来。我还没来得及安慰她，就听到导演组那边传来塑料袋沙沙的声响，原来，在我们一次次尝试的过程中，导演组默默地将那些被抓坏、滚落的苹果一个个捡起，装进了塑料口袋里。他们的动作很轻，尽量不打扰我们，却又时刻关注着这边的情况。看到这一幕，潼潼破涕为笑，我也忍不住笑了起来，对她说："你看，大家都在帮我们呢，我们更要加油啦！"

潼潼再次尝试，这一次，她成功了！她紧紧地握住苹果，脸上绽放出灿烂的笑容，眼中闪烁着自豪的光芒。周围的顾客纷纷为她鼓掌，售货员阿姨也惊得瞪大了眼睛，忍不住夸赞："这小姑娘，真厉害！"

我们相视一笑，那一刻，我明白，生活的乐趣就藏在这些平凡又珍贵的瞬间里，藏在一次次的尝试与坚持中。

接下来的拍摄任务是用仿生手放风筝，对于潼潼来说，这是一次全新的挑战，也是一次展现自我的绝佳机会。

我在操场上摆好了一排桌子，导演组准备的画笔和素色风筝整齐地排列在桌上。我邀请了几个小朋友和潼潼一起，并向孩子们宣布两人一组共同创作。

和潼潼分到一组的小朋友叫硕硕，性格活泼开朗，像个小太阳，很快就和潼潼聊得热火朝天。他们围在桌前，挑选着画笔，潼潼以前开笔盖都是用牙咬，如今她凭借智能仿生手稳稳地将笔盖旋开。她的眼神专注而坚定，嘴角微微上扬，露出一丝自信的微笑。随后，她和硕硕一边热烈讨论，一边在风筝上认真涂抹色彩，用稚嫩的笔触勾勒出五彩斑斓的梦想，明快的笑声在操场上空回荡。

不知不觉，画完风筝时，已是夕阳西下。天边的晚霞肆意铺展，将整个操场染成暖橙色，宛如童话世界。导演组架好了摄像机，准备记录下这充满希望与美好的一刻。

潼潼用仿生手稳稳地控制着线轮，手指灵活地调整着出线的速度。她的另一只手轻轻将风筝举过头顶，眼神望向远方，充满期待。微风拂来，她大喊一声："放！"同时松开举风筝的手，开始奔跑起来，一边跑一边放线，风筝在风中缓缓升起，越飞越高。她的脸上洋溢着灿烂的笑容，周围的孩子们也纷纷欢呼雀跃，为她加油助威。

不远处，潼潼妈妈静静地站着，看着潼潼放风筝的身影，眼中满是温柔与欣慰。她的嘴角微微上扬，露出一抹幸福的笑容，眼里闪烁着泪光，那是喜悦与感动交织的泪光。她的眼神始终追随着潼潼，仿佛这一刻，她看到了女儿无限美好的未来。

孩子们的笑声在空气中回荡，他们的背影在夕阳下被拉得长长的，时而重叠，时而分开，宛如一幅流动的剪影画。

我们放飞的，不仅仅是风筝，更是心中的束缚与枷锁。

曾经，我们在生活的困境中挣扎，被命运的绳索束缚。但此刻，在这温暖的夕阳下，我们挣脱了束缚，做全新的自己。

正如尼采所说："那些杀不死你的，终将使你变得更强大。"

我们在生活的磨砺中，不断成长，不断蜕变。

在后期采访中，潼潼妈妈忍不住哽咽：

"超凡，当我弟弟从深圳回来说你们是党校同学，把你的微信推给我时，我激动得不行。收到你的微信后，我一直回文字，因为我当时已经泣不成声，根本控制不住自己的情绪。你的出现，让我看到了生命的希望。

"你送潼潼的小兔子玩偶，她每天上学都挂在书包上，她说看到小兔子，就像收到了超凡姐姐的祝福，一整天都充满正能量。

"每次看到潼潼吃她最爱的薯片，只能用嘴去撕塑料包装袋，我的心都像被撕裂一样疼。

"有一次，我和潼潼在从郑州医院回来的飞机上，看到飞机电视里播放你参加的那期《中国诗词大会》，潼潼兴奋极了，一直喊着：'这是我的超凡姐姐。'"

听着潼潼妈妈的讲述，我的眼眶也渐渐湿润，泪水不由自主地滑落。曾有人对我说："生活永远是半杯水。"乐观的人看到的是还有半杯水的希望，悲观的人看到的却是只剩半杯水的无奈。而我们，无论是我、潼潼，还是潼潼妈妈，都在努力成为乐观的人，用积极的心态去拥抱生活，用坚韧的力量去对抗命运。

好在，潼潼通过“前臂缺失公益项目”，有了自己的仿生手，她终于可以尝试那些曾经只能在梦里实现的事，打羽毛球、学习喜欢的乐器，她的生活逐渐被更多的色彩填满。

返程的路上，我收到潼潼妈妈的微信：“超凡，我们已经登上返程的火车，一定会再见面的。心里有些淡淡的忧伤，也说不清楚为什么，明明和你相差十岁，却感觉无比熟悉。你的出现，是命运送给我们家最珍贵的礼物。愿你一切安好，我们会非常想念你。”

而事实上，我何尝不感谢她们呢？是她们让我体会到被人需要、被人信赖的美好。

成长于这个时代，出彩于这个时代，我们都在追梦的道路上奋力奔跑。我、潼潼、潼潼妈妈，我们只是新时代新女性的小小缩影。我们用自己的故事，诠释着女性的坚韧与力量，用爱与希望温暖着彼此。以出彩的人生致敬青春，以奋斗的姿态致敬时代，未来的路还很长，我们都要以梦为马，绽放芳华。

第五辑

在春天的原野上

残疾人事业，是“春天的事业”。它把温暖与希望送到我们身边，支撑着我们在凛冬中起身，勇敢地去追寻春光。

党和政府的全力扶持，社会各界的关爱，为中国8500万残疾人托起了“稳稳的幸福”。这条路上虽充满挑战，但我相信，春天里播下的种子，在大家的共同呵护下，定会绽放出最绚烂的花朵，每一位残疾人都能收获属于自己的芬芳。

在这一辑，我想带你们走进春天的原野，去感受生命蕴含的坚韧力量。每一颗种子都有自己独特的破土方式，不要让所谓的“不完美”定义了你。你的坚韧，正让这个世界变得更加美好。

做生活的勇者，向阳生长

在生活的滚滚洪流中，逆境恰似汹涌澎湃的波涛，一次次猛烈地拍打着我们的心灵之岸。然而，那些能于逆境之中始终保持清醒，勇敢突破困局的人，无疑是生活的无畏勇者。

他们以坚如磐石、百折不挠的精神，在黑暗中执着地寻觅光明，用顽强不屈的意志，书写着一段段震撼人心的生命传奇。

2023 年 9 月，北京的天空澄澈得仿若一块湛蓝的宝石，这如洗的晴空，恰似残疾人心中被希望之光点亮的那片天地。而我，无比荣幸地当选为中国残疾人联合会第八次全国代表大会代表，这不仅是一份重如泰山的责任，也是一趟意义非凡、影响深远的旅程。

得知这个消息，一想到能够代表众多残疾人发声，为我们这个群体争取更多的权益和关怀，喜悦之情便如决堤的洪水，难以抑制。

我身着好友为我精心手工制作的蓝色青花瓷鱼尾旗袍参加这次会议。青花瓷，在中国传统文化里，象征着纯洁、美好与坚韧，它历经高温的淬炼烧制，方能成就这般精美绝伦，恰似残疾人在生活的重重磨砺中，依然坚守着内心的美好与希望。

我选择穿上它，就是想向所有残疾人朋友传递一个信念：虽然我们身体存在不足，但同样可以绽放出独一无二的魅力。

上午十点，在热烈激昂的掌声中，习近平总书记稳步走至主席台中间。那经久不息、震耳欲聋的掌声，如汹涌澎湃的海浪，真切地传达着中国 8500 万残疾人对总书记的爱戴。只有置身其中，才能深刻地体会到那份真挚浓烈的情感。总书记的每一个眼神，每一个动作，都仿佛带着春风般的温暖，让我们这些残疾人

◎ 中国残联第八次全国代表大会代表

代表的心中，充满了无尽的力量与希望。

大家深切感受到习近平总书记对残疾人的格外关心、格外关注，纷纷表示将把总书记的关心关爱传递给广大残疾人，并将这份关怀转化为奋进的磅礴力量，用心书写残疾人事业全面发展的“温暖答卷”。

大会中场休息时，我在人群中穿梭，一个熟悉的身影从身边一闪而过，我下意识地回头望去，刹那间，我的心跳仿佛都停止了——是杜富国！是那位“排雷英雄”杜富国！那个用生命担当使命的新时代英雄战士、时代楷模！我从不盲目追星，但每当看到英模人物，内心总会久久不能平静，心中满是对他们的敬仰与崇敬。于是，我激动得赶紧转身追了上去。

他旁边的陪护人员看到我胸前佩戴的代表证，随后，轻声向他介绍道：“是吉林省的张超凡代表。”

杜富国听完，立刻转向我的方向，微笑着说道：“超凡老师，我们又见面了。”

这句“超凡老师”，如一座神奇的时光桥梁，瞬间把我拉回到 2019 年 9 月的第七届全国道德模范座谈会上。当时，“排雷英雄”杜富国就坐在我的左前方，他舍身排雷、舍己为人、无私报国的光辉事迹，给在场的所有人带来了强烈的心灵震撼。

2015 年 6 月，杜富国主动申请从原单位加入临时组建的扫雷部队。那时的他，年仅 24 岁，正值青春年华，英俊帅气，阳光向上，才刚刚步入婚姻的殿堂，生活充满甜蜜与希望。然而，他的命运却在 2018 年 10 月 11 日下午发生了天翻地覆的巨大转折。

那天，他们扫雷大队四队在云南某雷场进行扫雷作业，作业组长杜富国带着战士艾岩在一个爆炸物密集的阵地雷场搜排时，发现一个少部分露于地表的弹体，初步判断是一颗当量大、危险性高的加重手榴弹，且下面极有可能埋着一个雷窝。杜富国马上向分队长报告。接到“查明有无诡计设置”的指令后，他毫不犹豫地命令艾岩：“你退后，让我来！”这简短有力的六个字，蕴含着无尽的勇气和担当。

正当他按照作业规程，小心翼翼地清除弹体周围的浮土时，突然弹体发生爆炸，他下意识地倒向艾岩一侧。飞来的弹片伴随着强烈的冲击波，把杜富国的防护服炸成了棉絮状，也把他炸成了一个血人。他因此失去了双手和双眼，而正是由于杜富国这舍生忘死的一挡，两三米之外的艾岩仅受了皮外伤。

爆炸发生后，杜富国当场昏迷休克，伤情十分危急严重。经过三天三夜，数次大手术，杜富国的伤情才得到有效控制，生命体征逐渐趋于平稳，但他却永远地失去了双手和双眼。

他用自己的血肉之躯，诠释了什么是真正的英雄，什么是无私的奉献。

2016年《感动中国》的颁奖词这样写道：“你退后，让我来！六个字铁骨铮铮，以血肉挡住危险，哪怕自己坠入深渊。无法还给妈妈一个拥抱，无法再见妻子明媚的笑脸，战友们拉着手蹚过雷场。你听，那嘹亮的军歌是对英雄的礼赞！”这颁奖词，是对杜富国最真实的写照，也是对他英雄事迹的褒奖。

在后来的新闻报道里，我时常能看到杜富国的身影。有一次，当看到失去双手双眼的他，艰难地用笔书写心中的光明时，我隔着屏幕都能感受到他对祖国、对生命的崇高敬意与深沉热爱。

这份爱，藏在他每天艰苦卓绝的康复训练中，每一次努力地抬起手臂，每一次艰难地迈出步伐，都是他对命运的顽强抗争；这份爱，更藏在他对这份职业的崇高信仰里，即使身体残疾，他依然心系国家，用自己独特的方式为国家的建设贡献力量。

如今的他，虽然身体残疾，但精神却无比强大。他积极投身各种公益活动，用自己的经历去鼓励更多的残疾人，让他们相信，生活永远充满希望。

在我们吉林省，也有一位令人敬仰的“吉林楷模”王琦。

这位从战火中走来的英雄，用不屈的精神和无私的奉献，诠释着生命的价值，成为吉林大地上一座不朽的精神丰碑，激励着无数人奋勇前行。

1969 年 4 月，王琦出生，1985 年 10 月，怀着对祖国的无限忠诚和对军旅生活的向往，他毅然投身绿色军营。1986 年 7 月，命运的考验突如其来。在执行作战任务构筑工事时，几十发炮弹如恶魔般呼啸而来。生死瞬间，王琦下意识地飞奔过去扑倒战友，自己却被气浪掀飞，重重摔下，失去了知觉。待他苏醒，世界已陷入无尽黑暗，双目失明，左耳听力下降。他成了特等伤残军人，荣立一等战功。

王琦从未向命运低头。失明后的他，凭借顽强意志，自学盲文和中医推拿。在盲人军医的岗位上，他凭借精湛医术，为许许多多官兵和群众解除了病痛。他研发了两项国家专利成果，其中野战便携式软组织损伤治疗仪填补了军内空白，还荣获全军科技进步奖。不仅如此，他用盲文写成的长篇纪实文学《太阳永驻》，荣获全国第三届奋发文明进步奖和第八届全军文艺新作品二等奖，文字中满是对生活的热爱和对生命的尊重。

多年来，王琦收获诸多荣誉："全国自强模范""全军老干部先进工作者""吉林楷模"……这些荣誉是对他的高度肯定，是他人生路上的光辉印记。

在全国道德模范的大家庭里，每一个人的故事仿佛都能写成一本厚重的书，书中散发着耀眼的人性光辉，照亮着自己，也温暖着身边的每一个人。杜富国与王琦的故事，像是两部波澜壮阔的史书，详细记录着他们的勇敢、坚韧和对国家、对人民的无限忠诚。

在这次中国残疾人联合会第八次全国代表大会中，我看到了无数像杜富国、王琦这样的勇者。他们虽然缺失了一些身体的"小零件"，但他们却用自强不息的精神和顽强拼搏的意志力，在脆弱中坚强，带着微笑向上生长。

他们的故事，让我深刻地感受到，残疾人事业是一项充满温暖和希望的伟大事业。在这里，我们相互扶持，相互鼓励，共同追求着美好的生活。

回首过往，残联于我而言，是生命中最温暖的依靠，是梦想起航的坚实后盾。

读书时，艺术类学费高昂，残联及时伸出援手，给予我助学金，帮助我渡过了经济的难关，助我实现了大学梦、艺术梦。

创业初期，资金紧张，四处碰壁，是残联的“吉林省残疾人首次创业补助资金”，如一束光照亮了我前行的道路，给了我莫大的鼓励。

创业小有成就后，残联又将我选树为“吉林省残疾人创业带头人”，给予我莫大的信任，在残联的支持下，残疾人创业就业孵化基地“超凡无障‘爱’会客厅”成为现实，可以为残疾人兄弟姐妹们免费提供创业平台，带领他们一同致富，一起追梦。

当我作为“第七届全国残疾人职业技能大赛”直播销售组的参赛选手时，是残联为我们聘请专业的老师、配置比赛要求的电子设备，并为我们进行为期两个月的免费培训。当我在多方的关怀下去济南参加比赛，获得“全国技术能手”称号时，我内心满是感恩，深知没有残联搭建的舞台，就没有我的进步与成长。

点点滴滴，桩桩件件，我都铭记在心，不曾忘怀。正所谓：树高千尺莫忘根，水流万里总思源。我愿将这份爱与祝福通过文字的力量传递给更多的人，让这份来自残联的温暖与希望，在更多人的心中生根发芽，绽放出绚烂的花朵。

未来的追梦之路还有很长。我们将带着总书记的关怀，带着社会各界的关爱，继续努力，在中国式现代化进程中创造更加幸福美好的生活。因为，我们都是生活的勇者，我们都在向着阳光，努力生长。

◎ 中国残联第八次全国代表大会代表

◎ 在北京大学经济学院讲述奋斗故事

鱼有一条尾巴，刚好我有一条腿

2024年9月20日，我有幸踏入北京大学经济学院，参加"'超凡'女孩的隐形翅膀——全国道德模范、全国三八红旗手张超凡分享会"。生活的奇妙之处就在于，总有一些意外的惊喜，如同命运精心安排的伏笔。在分享会的间隙，与经济学院的老师们闲谈时，我偶然得知，中国残疾人联合会将于次日举办一场意义非凡的活动："礼赞生命，超越辉煌——巴黎残奥会冠军进北大"。

这个消息瞬间点燃了我内心的期待：要是能近距离接触这些在赛场上创造奇迹的残奥会冠军，现场感受他们身上拼搏奋进的精神，该多么有意义啊！担心名额有限，错失难得的机会，我迅速行动起来，既期待又忐忑地联系了残联主席，真诚表达了自己的心情与想法。

残联主席亲切的声音从电话那端传来，我悬着的心瞬间落了地。得知我恰好在北大，残联主席向我发出了热情的邀请，我可以与众多优秀的残奥会冠军同处一堂，分享这份属于我们的骄傲与力量。

在“礼赞生命，超越辉煌——巴黎残奥会冠军进北大”的活动现场，满座的北大学子怀揣着敬仰与期待，等待聆听这些残奥会冠军们的奋斗故事。当第一位分享者走上台时，我的视线瞬间被她牢牢吸引。

那是一个笑起来如同天使般的女孩——蒋裕燕。她身形娇小，皮肤白皙如雪，一袭简约、红白相间的运动服恰到好处地衬出她的干练。她的脸庞带着江南水乡独有的温婉，弯弯的眉眼恰似月牙，笑起来时，洁白的牙齿整齐地露出来，嘴角那两个浅浅的酒窝，仿佛藏着数不尽的温暖故事。她的眼神清澈而坚定，透着一股超越年龄的成熟与坚韧，让人不禁猜想，这双眼睛究竟见证过多少的磨难与奋起。

尽管她的右臂和右腿缺失，但她走路的姿态轻盈而自信，每一步都像是在向命运宣告不屈，义肢在灯光下闪烁着微光，无声诉说着她一路走来的不凡经历。

她站在台上，身姿挺拔如白杨，没有丝毫的怯场与犹豫。她的声音清脆而有力，带着南方口音的软糯，却又有着穿透人心的力量，向我们娓娓道来她的故事。在钢琴曲的伴奏中，听着她的讲述，我的思绪也被拉进了她充满坎坷与奇迹的人生。

2004 年，她出生在浙江绍兴，在这座充满诗意与温情的江南小城，她本该有一个平凡而幸福的童年。然而，命运却在她 3 岁那年，无情地拐了个弯。一场突如其来的惨烈车祸，残忍地夺走了她的右臂和右腿。那是怎样的痛苦与绝望，年幼的她或许还无法完全理解，但生活的磨难就此如影随形。

在医院的那段日子，小小的病房里满是消毒水的味道，白色的床单和冰冷的医疗器械，成了她童年记忆中难以抹去的画面。但蒋裕燕和她的家人从未向命运低头。家人依旧送她去全日制学校就读，让她像普通孩子一样接受教育、健康成长。“从小到大，老师和同学们并没有把我区别对待，我就是一个健康成长的普通孩子。”蒋裕燕微笑着回忆道，眼中满是感激。

为了帮助她更好地康复，妈妈给她报了一个暑期游泳兴趣班。谁也没想到，这个看似平常的决定，竟成为她人生的转折点。刚接触游泳时，蒋裕燕面临着超乎想象的困难。身体的残缺让她在水中仿佛失去平衡的小船，浮起来就不受控制，停下来便直沉到底。别人从简单的蛙泳学起，她却只能直接挑战自由泳。每一次尝试，都伴随着呛水的痛苦和沉入水底的恐惧，但她骨子里那股不服输的精神让她一次又一次地挣扎着起身，咬牙坚持。

她的教练单永刚回忆说，从事游泳训练二十余年，蒋裕燕是他收的第一个残疾人学生。“虽然她身体不便，但有股不服输、顽强拼搏的精神，具备一流运动员的潜质。”

在教练的悉心指导下，她一遍又一遍地练习，不断摸索单侧发力的诀窍。无数次在泳池中孤独地练习，手臂酸痛到抬不起来，腿部也因用力过度而抽筋，但她从未想过放弃。

终于，她逐渐找到了在水中的节奏，展现出了惊人的天赋和进步速度。别人三个月才能完成的训练内容，她一个月就能出色完成，真可谓是“如鱼得水”。

在演讲中，蒋裕燕说她特别喜欢游泳，因为在水中，她找到了自由。她曾说：“在水里像鱼一样。鱼有一条尾巴，我有一条腿，进退起伏丝滑，可以在水里享受自由。”这份对自由的向往，成为她在泳池中不断奋进的动力。

2017 年，她加入了浙江省残疾人游泳队，开始接受更为严格的训练。每天清晨，当阳光还未完全照亮泳池，她就已经在水中开始了一天的训练。每天至少游一万米，成绩不达标还要加练。单侧发力的她，对肢体运动节奏的掌控要求极高，稍有差池身体就会下沉。但她从不抱怨，只是通过大量不间断的练习，让自己保持“水感”和力量。

在她的游泳生涯中，每一场比赛都是一次挑战，每一次胜利都是一次自我超越。

14 岁时，她在全国残疾人游泳锦标赛上斩获 6 金 1 银，那一刻，她站在领奖台上，看着五星红旗升起，激动的泪水在眼眶中打转。

2018 年雅加达亚残运会上，她收获 3 金 1 银，面对镜头，她自信的笑容感染了无数人。

2021 年东京残奥会上，作为中国代表团里年纪最小的运动员，她更是大放异彩，获得 2 金 1 银 1 铜的好成绩，并刷新了世界纪录。

巴黎残奥会是她第二次参加残奥会，尽管经验丰富，但她依旧压力巨大。这份压力，源于她对自己的高要求，源于她强烈的使命感。她不仅想为国争光，更想通过自己的努力，让全世界的残障人士看到希望。她站在舞台上，坚定地说：“我参加残疾人体育赛事，来到这么大的舞台，其实很多残障人士都能看见。我站在这里，想告诉大家，只要有梦想、有方向，一直去努力，我们都会被看到，我们都会闪闪发光。”

赛场上，蒋裕燕眼神专注而炽热，每一次入水都像是与泳池融为一体。在女子 50 米自由泳 S6 级决赛中，发令枪响，她如离弦之箭般冲了出去，单手飞速划水，单腿有力地打水，溅起的水花仿佛是她拼搏的勋章。泳池边的观众屏气敛息，紧紧盯着她的每一个动作，加油声此起彼伏。她凭借着出色的爆发力和节奏感，一路领先，最终以 32 秒 59 的优异成绩触壁，成功摘得金牌，并再次打破残奥会纪录。

在女子 100 米自由泳 S7 级决赛中，她同样表现出色。对手们紧紧跟随，但蒋裕燕没有丝毫慌乱，凭借着顽强的毅力和精湛的技术，以 1 分 09 秒 68 的成绩再添一枚金牌。

…………

这一枚枚奖牌，是她汗水与努力的见证，也是她给予全世界残障人士最有力的鼓舞。

在交流环节，在场同学们积极提问，热烈交流。残联主席对北京大学的热情接待和活动的精心组织表示感谢。他认为这是一次重要的交流机会，充分体现了学校对残疾人事业的重视。他呼吁社会各界继续关心和支持残障人士，为他们创造更多平等发展和展示自我的机会。

我也站在舞台上分享了我对活动的感受：“生命犹如一条即使失去双腿也能游得飞快的鱼，应该赋予生命更多的色彩，诠释其完整与美好。未来我真心希望能与今天来的五位冠军保持联系，并继续坚守对残疾人事业的热爱与奉献。”

活动结束后，好多北大学子自发跑到台上与我们自拍合影。

而我，看着蒋裕燕，心中涌起一股别样的情绪。她的游泳经历，让我不由自主地想起了小时候在游泳池中的自己。如果当时能在书中读到她的故事，我估计我会更加享受着水的拥抱，每一次划水、每一次蹬腿，都充满了对自由的向往。而如今站在我面前的蒋裕燕，她在水中的每一次挣扎、每一次突破，都承载着比我多得多的勇气与坚持。这份对游泳的热爱，跨越了身体的残缺，跨越了重重磨难，显得如此震撼人心。

怀着满心的敬佩，我笑着走向她，说道：“裕燕，我们也一起拍一张合影留作纪念吧。”

她转过头，脸上绽放出灿烂的笑容，毫不犹豫地点了点头。她抬起左手，手臂微微弯曲，手掌轻柔地摆出比心的形状，动作里带着一丝俏皮与亲切。我赶忙举起右手，努力让自己的手与她的手完美契合。我们的手在空中慢慢靠近，形成了一个大大的、完整的心。那一刻，我清晰地感受到她身上散发的温暖与力量，仿佛我们之间的距离被无限拉近。

活动结束后，在离京的路上，蒋裕燕的身影在我心中愈发清晰。她的故事，是勇气与坚持的传奇，是梦想与拼搏的赞歌。

在未来的日子里，无论生活中遇到怎样的风雨，我想，她都会像在泳池中一样，勇往直前，向着光明的彼岸奋力游去。而她所传递出的力量，也将激励着无数人，在各自的人生道路上笑对人生，接纳自己，就如同她所说“鱼有一条尾巴，刚好我有一条腿”，勇敢追逐属于自己的青春梦想。

◎ 与巴黎残奥会冠军蒋裕燕

虽然眼前黑暗，但人生充满光明

生活总是在最深沉的绝望里，悄然孕育出最绚烂的风景。就像天空即便乌云密布，可云层之上，太阳依旧会熠熠生辉。

曾在人民日报微信公众号上看到一篇名为《她的眼里真的有光！》的文章，仅看一眼标题，我便生出强烈的好奇心，迫不及待地点开链接，一心想要探寻那是怎样一双眼眸、怎样的光芒，竟能引得《人民日报》点赞。

映入眼帘的是一张动图，画面中，黑暗里闪烁着蓝色的光。待我仔细观察后，才惊觉这束光竟来自一位年轻貌美的女孩的一只义眼。

“昕瞳”，是她的艺名，寓意着“新的眼睛，新的开始”。在失去右眼的第九个年头，昕瞳凭借那特殊的眼睛在网络走红。谁能想到，曾经她不愿直面的缺陷，如今会以这般炫酷的姿态展现在世人面前。

2013 年，18 岁的昕曈遭遇了一场可怕的车祸，失去了一只眼球。曾经，她怀揣着站在聚光灯下成为舞蹈家的梦想，可这场车祸，却如同一记重锤，让她的梦想猛然刹车。手术结束，麻药劲儿退去，清醒过来的她趁护士换药的间隙，偷偷跑去卫生间打开纱布。刹那间，她看到右眼上下眼皮中间露出肉粉色，眼球已不见踪影，眼睛周围是密密麻麻的伤口缝针。那一刻，昕曈哇的一声哭了出来，就此陷入了人生的至暗时刻。

在最美好的青春年华，她不仅失去了看世界的眼睛，还失去了成为舞者的梦想。当回想那段时光，是什么支撑着自己从深渊爬出时，昕曈认真思考后说道："相比车祸发生时的凶险、手术时被'封在冰窖里'的绝望，现在的平静难得又珍贵。最终治愈自己的，是时间的力量。"

真正的舞者，不会因为舞鞋遗落就放弃对梦想的追寻。

悲伤过后，她选择在挫折与磨砺中为生活起舞。一次偶然，昕曈看到一位外国博主给自己制作了一个钛合金眼片，她回忆道："当时就觉得特别酷。"于是，她开始研究义眼。

佩戴义眼后，昕曈结识了许多和自己境遇相同的人。每当发现残障朋友有些自卑时，她总会开朗地帮他们"换位思考"："义眼虽然不能恢复视力，但能弥补面部缺陷，就算佩戴着义眼，我们也能活得自信！"

经过一段时间的佩戴，再加上与残障朋友们更多的交流，昕曈发现自己的义眼存在诸多问题，不能转动、眨眼，戴久了还会引起局部红肿。为弄清原因，她大量查阅资料，加入了两个全国义眼群，还找到专业人士拜师学艺。一年半后，她学成出师，正式开起了工作室。

制作义眼时，昕瞳会仔细观察顾客眼睛的颜色、形状，在眼眶中注入液体定模。经过打磨、试戴、定位、抛光等一系列步骤，义眼片才逐步成型。要得到一副完美的义眼片，需要不断调整。她会仔细确认每个人眼睛的特征，哪怕是一条细细的红色或者青色血丝，她都会反复对比，认真勾画。这一笔又一笔，饱含着她对专业的敬畏，更诠释着她对美好的理解。

昕瞳说："不少人戴上'新眼睛'的那刻，都会流下眼泪。为新生，也为曾遭受的苦难。"

写到这里，我的眼眶早已湿润。

或许，只有有着相似经历的女孩，才更能体会彼此的不易。

在体育的璀璨星空中，有一位在黑暗里奋力追逐光明的勇士，他就是中国残疾人田径运动员邸东东。

1993 年，邸东东出生于辽宁省辽阳市，命运似乎从一开始就对他格外严苛。6 岁时，严重的青光眼如恶魔般缠上了他，即便积极接受治疗，他的双目视力仍不足 0.1。祸不单行，一场意外导致他的视网膜脱落，最终造成一级残疾。那段被黑暗吞噬的日子，他仿佛坠入无尽的深渊，人生的低谷将他紧紧裹挟。

但命运的重拳并没有打倒他。2013 年，有着短跑天赋的邸东东被推荐到辽宁省残联体育培训中心。在这里，他的人生迎来了曙光，教练指导他专攻 100 米、200 米短跑和 4 × 100 米接力。训练的过程充满了常人难以想象的艰辛，对于有着视力障碍的残疾人来说，跑的每一步都充满挑战。起初，邸东东完全没有方向感和边界感，每迈一步都需要鼓起巨大的勇气，可他丝毫没有退缩。在漫长的训练岁月里，他凭借顽强的毅力和对梦想的执着，不断挑战自我的极限。

无论烈日当空，还是寒风凛冽，训练场上总能看到他坚毅的身影。每天，他都要进行长达四五个小时的高强度训练，汗水无数次浸透他的衣衫，伤痛也如影随形，但他从未有过一丝放弃的念头。

正如他所言："虽然眼前黑暗，但人生要充满光明。"这份对光明的执着追求，成为他不断突破的强大动力。

2015年，在韩国首尔举行的世界盲人锦标赛上，邸东东大放异彩，一人勇夺两枚金牌，就此开启了他辉煌的运动生涯。此后，他在各类赛事中屡获佳绩，但他并不满足于此，持续挑战着自己的极限。2017年，他开始增加跳远项目的训练，为了在这个项目上取得突破，他付出了更多的努力。

相比盲人跑步，盲人跳远的难度更是呈几何倍数增长。在长达30米的助跑过程中，邸东东只能依靠"听声辨位"。教练王琳回忆道："一旦跑歪，就会跳到坑外，轻的话会崴脚，严重的话脊柱和尾骨都会受伤。在完全黑暗的世界里快速奔跑和起跳，必须要克服巨大的心理恐惧，也需要他们与教练员达到高度的默契和信任。"然而，邸东东没有被这些困难吓倒，他在训练中不断摸索，与教练建立起了深厚的默契。

2024年8月31日，这是邸东东运动生涯中最为闪耀的时刻。

他站在了巴黎残奥会男子 T11 级跳远决赛的赛场上。比赛期间，天空突然下起大雨，法兰西体育场的地面变得湿滑，温度也较低，这样恶劣的环境对跳远比赛极为不利。但邸东东没有丝毫畏惧，在引导员王琳一声声“来、来、来……”的口令引导下，他听声辨向，稳健起步。他的身影如同一道黑色的闪电，风驰电掣般冲向起跳点，然后高高跃起，在空中画出一条完美的弧线，落入沙坑。第一跳，他就以 6.63 米的成绩引起全场欢呼，暂列第一；第二跳，他继续保持领先；第三跳，邸东东已经完全适应了赛场环境，他将全部的力量和信念都凝聚在这一跳中，跳出了惊人的 6.85 米！他成功卫冕，还打破了美国运动员保持了十年之久的世界纪录。

“上天遮住了你的双眼，却给了你一双飞翔的翅膀。”社交媒体上，这句网友的评价获得了最多的点赞与回应。邸东东用自己的拼搏和汗水，向世界证明了残疾人也能绽放出最耀眼的光芒，他是赛场上的英雄，更是生活中的强者。

这些残疾人运动员们，虽遭受命运的不公，却从未向命运低头。他们以拼搏和汗水书写属于自己的传奇，用行动昭告世界：人生不设限，没什么不可能。

当第三十五个全国助残日的晨光漫过人民大会堂的石阶时，我在回廊转角遇见了黄博士——黄莺。她身上的淡绿色旗袍像一剪春柳，领口斜襟处绣着细密的白玉兰，素净的淡妆竟是她自己化的。这位 90 后姑娘不仅是中国首位通过普通高考叩开 211 高校大门的盲人学子，更以武汉理工大学博士研究生的身份，在知识的星河里凿出了属于自己的航道。

同为当届“全国自强模范”的我们，在领奖活动中相遇。我同她细讲人民大会堂金色大厅内雕梁画栋的磅礴，解读墙上水墨画的留白意境，连领奖时台阶级数、转身角度、合影站位都精确描述。她笑着说：“超凡老师就是不一样，语言里有光，让我看见整个世界。”可她不知，真正被照亮的人是我——陪伴她的那几天，我刷了很多她的原创视频。曾有学生问我为何而读书，直到遇见她，我才真正懂得那句“眼睛看不到的地方，知识可以抵达”的分量。

我们共同拍摄的短视频《“超凡”的灵巧手》当晚上了热搜，而热搜背后，是更珍贵的图景：当科技向善的微光亮透视障的黑暗，我们忽然懂得，新质生产力的终极意义，是让每个平凡生命都能触摸到超越身体的“看见”。就像我们曾共跨人生冷山，此刻春风正掠过每道被知识照亮的沟壑——原来有些不可思议，本就是为步履不停的人准备的“小星球”，在那里，所有坚持都能照见星河……

他们的故事，是对生命的礼赞，是对梦想的执着坚守。他们的精神，激励着越来越多的人在面对生活的困境时，勇敢前行。

犹记在一次吉林省道德模范进校园的宣讲活动中，我有幸聆听“中国好人”杨春武先生讲述他创办易视顿光明行志愿者协会的初心。多年来，无论企业盈利状况如何，他始终雷打不动地坚持每年拿出固定资金与产品投身公益事业。二十余载如一日，他带领着六百余名员工，组成“白衣志愿者”队伍，默默耕耘，无私奉献。当2023年协会荣获全国学雷锋志愿服务“四个100”先进典型最佳志愿服务组织时，杨春武先生感慨万千地说，每当看到患者摘掉纱布重获光明的那一刻，他总会不由自主地激动落泪。这份源自内心深处的触动，是对公益事业矢志不渝的热爱，更是对帮助他人重见光明的欣慰与自豪。

宣讲结束后，杨春武先生关切地问我：“超凡，你最近在忙什么呢?”我答道：“我正在写书。”他微笑着点头，说道：“纸质书好啊，对视力好。而且我相信，你书里的故事一定能带给大家希望与光明。”而我知道，真正能带给大家希望与光明的，是那些坚毅不屈的灵魂与一颗颗向善的心。

命运或许给一些人发了一手“烂牌”，可也总有人从不抱怨，从不退缩，用心“出牌”，坚定做自己。人生之路，无关值不值得，勇敢迈出步伐，为梦想全力以赴，便是生命最动人的姿态，亦是我们每个人都应奔赴的方向。

同心筑梦：像石榴籽一样紧紧拥抱在一起

用一朵花，诉一段情。金秋十月，馥郁的桂花香弥漫在杭城的每一个角落，杭州以亚残运会之名，再次向全亚洲发出热忱邀约。

而立之年的我，何其有幸，成为杭州亚残运会萧山站第15棒火炬手。手持名为“桂冠”的火炬，伫立在钱塘江畔，我心中满是勇立潮头的美好期许，更怀揣着“心相约，梦闪耀”的真挚祝愿。

第14棒火炬手土旦格桑，是一位来自藏族的90后特殊教育学校教师。在火炬手培训会上，他坐在我的左边。他身形高大壮实，有着典型的藏族同胞的黝黑肤色，那是高原阳光留下的独特印记。他的脸庞轮廓分明，浓眉下一双大眼睛格外明亮，深邃的眼眸仿佛藏着无尽的故事。头发微微卷曲，带着一丝不羁，笑起来时，露出一口洁白整齐的牙齿，脸上还有两个浅浅的酒窝，透着质朴与亲切。

培训间隙，他突然兴致勃勃地问我们："你们能猜出我是哪年的吗?"我在心里迅速盘算着，那句"见人减岁，见物加价"的口诀在脑海中闪过，刚想说出心中的答案，身后的小伙伴就抢先脱口而出："80后吧?"

土旦格桑听后，眼睛瞪得更大了，故作惊讶地说："我可是地地道道的90后!"那夸张的表情和语气，逗得我们这一圈人哄堂大笑，他自己也跟着笑起来，眼睛眯成了一条缝。

当深入了解他的故事后，我才明白，岁月在他脸上留下的每一道痕迹，都饱含着爱与温暖。

2014年，从西藏民族大学毕业后，土旦格桑毅然回到家乡那曲。在西藏，流行一个说法，"阿里最远，那曲最苦"。那曲，这个中国海拔最高的地级市，平均海拔超过4500米，一年中有一百天是大风天，市区里找不到一棵高大的绿树，被人称为"高高原""屋脊上的屋脊"。

即便条件如此艰苦，土旦格桑还是成为那曲市特殊教育学校的一名老师。这所学校里的学生，或视力残疾，或听力残疾，或言语残疾，或智力残疾。第一次以老师的身份走进教室，土旦格桑的心瞬间揪紧。走上讲台，望向台下那些特殊的孩子，心中的难过与心疼几乎要溢出来，但他还是强忍着情绪；走下讲台，来到教室中央，他努力挤出笑容，温柔地和孩子们打招呼。那时，他在心底默默发誓，要用全部的爱守护这些"折翼的天使"。

在特殊教育学校，教师的工作远比普通学校复杂。他们不仅要精通学科教学，还要掌握专业康复知识，更要时刻关注孩子们的需求，既是老师，又是“保育员”，还要教孩子们最基础的生活技能。

土旦格桑每天都在这些角色中无缝切换，不辞辛劳。当看到孩子们在自己的努力下变得更好，家长们脸上露出久违的笑容，他觉得所有的付出都是值得的。

为了让孩子们能更快乐地成长，土旦格桑将运动融入教学的每一个环节。每天清晨，他都会带领孩子们进行 1.5 公里的有氧跑，之后，他和同事们会针对不同孩子的情况，开展专项训练。有的孩子练习台球，有的练习乒乓球，还有的进行跑步、举重等项目的训练。在他的悉心指导下，孩子们的身体素质和精神面貌都有了极大的改善。

功夫不负有心人。

2015 年，土旦格桑以教练员的身份，带领学生们参加全国第九届残疾人运动会暨第六届特殊奥林匹克运动会，孩子们不负众望，取得了 1 金 1 铜的好成绩。

2021 年，那曲市特殊教育学校的运动健儿代表西藏自治区出征全国第十一届残疾人运动会暨第八届特殊奥林匹克运动会，一举斩获 3 金 6 银 4 铜共 13 枚奖牌。看着孩子们在赛场上拼搏的身影，土旦格桑感慨地说：“运动不仅让孩子们增长了见识，更给了他们面向未来的勇气和力量。”

当了解完他的故事后，我和土旦格桑反复商量交接火炬的细节，最后我们决定摆出一个“团”字的造型，寓意民族团结一家亲，同心共筑中国梦。

火炬传递当天，阳光明媚，钱塘江波光粼粼，江水在阳光的照耀下闪烁着金色的光芒。两岸的观众热情高涨，他们挥舞着手中的国旗，大声呼喊着“心相约，梦闪耀”的口号，声音此起彼伏，响彻云霄。

到了预计的时间，只见土旦格桑手持燃烧的火炬，大步向我跑来，他的脸上洋溢着庄重而自豪的神情，眼神坚定地凝视着前方。当跑到我面前时，他并未立刻将火炬递给我，而是脚步一转，开始绕着我奔跑起来。他的步伐矫健而有力，围绕着我奔跑的每一步都充满节奏感。

待他绕完一圈，按我们的设计“写”好了“团”字的外框，他来到我的身后，我们迅速调整姿势，一前一后摆出了一个“才”字的造型。他微微下蹲，身体前倾，如同“才”字的那一撇，而我则挺直身躯，手臂伸展，恰似“才”字的横与竖钩。我们的动作默契十足，配合得天衣无缝。

我们精心摆出的这个“才”字造型，寓意着各民族人才辈出，而完整的“团”字，寓意共同为祖国的繁荣发展贡献力量，正是各民族团结一心，才汇聚成了如今强大的中国力量，共同铸就了中华民族的辉煌。我们用这样独特的方式，向世界展示着民族团结一家亲。

随后，他微微侧身，右手稳稳地将火炬递出，手臂伸直，火炬的火焰在微风中跳跃，映照着他黝黑的脸庞。我赶忙伸出双手，微微前倾身体，双手紧紧握住火炬的手柄，那传递而来的热

◎ 杭州亚残运会第 15 棒火炬手

度，不只是火炬的温度，更是责任与荣耀的热度。

我们的目光交汇，彼此眼中都闪烁着激动与自豪，用力地点了点头，完成了这神圣的交接。

我高高举起火炬，手臂笔直有力，仿佛要将手中的希望与梦想举向天际。另一只仿生手灵活地变换着姿势，时而挥手向热情的观众致意，时而比出代表胜利的“V”字手势，每一个动作和表情都传递着内心的骄傲与自豪。此刻，我不仅是火炬的传递者，更是梦想与希望的使者。

当我手持火炬，坚定地跑向弯道处时，只见悉谣带领着强脑的伙伴们早已等候在那里，他们的身影如同温暖的后盾，为我“保驾护航”。他们个个热情高涨，扯着嗓子大声呼喊“超凡最棒”“超凡最美”，那声音如同一股股暖流，直抵我的心间。他们的眼神中满是信任与鼓励，熠熠生辉，让我奔跑的步伐愈发坚定有力。

当晚，我怀着忐忑又期待的心情，关注着家乡的动态。当看到《吉林新闻联播》第一时间对我进行报道时，激动与自豪的情绪瞬间涌上心头，作为吉林儿女的骄傲感油然而生。即便远在千里之外的杭州，我也能真切地感受到，家乡从未缺席我人生的每一个重要时刻，始终以独有的方式，默默关注着我的成长，用心记录着我的荣耀。这份来自家乡的牵挂与支持，是我前行路上最坚实的力量。

后来，我无意中在土旦格桑的朋友圈里，看到他转发了一篇名为《西藏那曲市特殊教育学校校长次仁拉姆：用无限的“爱”

跨越有限的“碍”》的文章。2024年10月，校长次仁拉姆荣获“全国民族团结进步模范个人”称号。从北京载誉归来的她，第一时间便投入到给每一个孩子赠送小礼物的温馨活动中，那一份份小小的礼物，承载的是她对孩子们无尽的关爱与期许。

因为北京之行，次仁拉姆的内心萌生出新的教育理念。她决心将传统的思想政治教育课程，升级为更具互动性、直观性的“石榴籽”思政课堂，让民族团结的温暖种子，在孩子们幼小的心灵中生根发芽。

在长达三十年的从教生涯里，当许多人选择逃离条件艰苦的那曲时，次仁拉姆却如同一棵坚韧的白杨，牢牢扎根于此。她曾担任高中班主任，也做过幼儿园党支部书记，但在特殊教育学校的时光最为漫长。作为那曲第一所特殊教育学校的校长，她不仅把学校办得有声有色，还积极促成了第二特殊教育学校的创办，让七十多个残障学生有机会走向社会，实现自立自强。她宛如静静流淌的那曲河，以润物细无声的姿态，滋润着这些特殊的花朵，让他们在高原上绚丽绽放。

特殊教育与普通教育最大的区别是什么？这是次仁拉姆经常被问到的问题。

“曲”字在藏语中是水的意思，她认为要以水的特性接纳特殊孩子的差异，以川流不息的毅力挖掘特殊孩子的潜能。特殊教育学校不是把这些残障孩子看护好、照顾好就可以，而是面对每一个孩子的不一样，要从专业的视角发现问题、分析问题、解决问题，才能使孩子自立、自尊、自立、自强，融入社会。

我对次仁拉姆校长的教育理念深感认同，“每一个孩子都是一朵花，要想办法让他们都能绽放美丽人生，实现人生价值”，我真心希望这些别样的花朵能够在爱的滋养下肆意绽放。

五四青年节到来之际，我满怀期待地受邀前往延边大学附属医院开展讲座，有幸踏入了充满独特魅力的延吉。这座城市凭借独特的地理位置，汇聚了多元文化，处处洋溢着民族团结的浓厚氛围。

刚抵达延吉西站，医院的团委书记和他办公室的同事们便热情相迎，那一张张真诚的笑脸瞬间驱散了我旅途的疲惫。坐在车上，欣赏沿途错落有致的朝鲜族特色建筑，五彩斑斓的屋瓦、灵动俏皮的飞檐，仿佛在静静诉说着这个民族的悠悠往昔，让我对这座城市的历史与文化充满了好奇。

我与书记闲聊起来，好奇地问他：“在您看来，民族团结意味着什么呢？”

书记目光坚定，不假思索地说：“就像延吉的美食和建筑，各美其美又美美与共，我们各民族也像石榴籽，紧紧相依，让不同文化绽放光彩。”

中午，我们走进一家特色餐馆品尝正宗延吉美食。石锅拌饭、大冷面、酱汤和明太鱼……每一口美食都饱含当地人对生活的热忱，让我深深感受到延吉饮食文化的独特魅力。

下午两点，我站在医院宽敞明亮的大报告厅里，台下是五百余名身着白大褂的医护工作者。我缓缓开口，讲述自己的青春奋斗历程，从最初的梦想萌芽，到一路拼搏中遭遇的挫折与坚守，每一段经历都饱含着对生活的热爱与对梦想的执着。

在讲述过程中，我特别提到杭州亚残运会。回忆起作为火炬手参与传递的那一刻，每一位火炬手都怀揣着对体育精神的尊崇，对美好生活的向往，将象征着希望与梦想的火炬传递下去。而这其中，更有着各民族同胞共同参与，土旦格桑等来自不同民族的火炬手，让我深切感受到民族团结的力量，就像火炬传递一样，无论来自何方，大家心手相连，共同奔赴美好的未来。

讲座结束后，现场气氛被点燃了。医护工作者们纷纷起身，他们脚步匆匆却又秩序井然地朝我走来。有的手中捧着我写的书，有的拿着平日里随身携带、被翻得有些泛黄的医学书籍。合影环节，全场灯光渐暗，大家纷纷打开手机上的手电筒，一时间，整个报告厅星光璀璨，仿若夜空中闪烁的繁星。前排两位身着朝鲜族传统服饰的礼仪姑娘，面带甜美的笑容，双手比出爱心的形状，为这份美好增添了一抹独特的民族风情。在这星光与爱心交织的画面中，我们共同定格下这难忘的瞬间，为彼此留下了一份独一无二的珍贵记忆，也让这份温暖与鼓舞，在未来的日子里持续传递。

讲座结束的当晚，我和团委的几个伙伴一同前往延边大学对面的网红墙“打卡”。五彩斑斓的墙面，搭配着充满设计感的少数民族文字，在灯光的映照下格外夺目。周围熙熙攘攘的人群、热闹非凡的小吃摊，共同构成了一幅充满活力的都市夜景图，充满了人间烟火气。

布尔哈通河宛如一条银色的丝带，穿城而过。夜晚，两岸的灯光璀璨夺目，与河水相互辉映，形成了如梦如幻的光影世界。我们沿着河边的步行道漫步，微风拂面，让我也爱上了这座美好的城市。

在这场跨越地域与梦想的旅程中，从杭州亚残运会火炬传递时与土旦格桑象征团结的默契互动，到与次仁拉姆校长的教育理念共鸣，再到在延吉感受多元文化交融的独特魅力，我们就像一颗颗石榴籽，虽来自不同的地方，有着各自独特的经历与梦想，但紧紧相拥，共同汇聚成中华民族这颗饱满而璀璨的石榴。

每一次的相遇，每一段故事，都是石榴籽间的紧密依偎，让我们的民族文化绽放出更加绚烂的光彩。各民族的团结与奋进，共同编织出祖国繁荣昌盛的锦绣华章，在岁月的长河中永不褪色，熠熠生辉。

生活就像奶茶，几分糖由自己说了算

原来的我，一年365天，几乎有360天都一头扎在工作里，像个不知疲倦的陀螺，不停地转啊转。

有一次，旁人向我的助理思思打听我的爱好，思思连眼睛都没眨一下，张口就来："她爱好工作。"这话乍一听，像个玩笑，可细品，几多无奈。

谁能说自己心底不藏着一分对阳光沙滩的向往？谁不想拥有一段彻底放松、静静发呆的休憩时光？在梦里，我无数次漫步在海边，听着海浪有节奏的拍打声，可一睁眼，是堆积如山的工作在等着我。那些被搁置的旅行计划，被错过的朋友聚会，不时地提醒我，在工作之余，是否也可以看看天空。

一次，在老高的邀请下，我们两家相约周末去爬山。

刚到山脚下，抬眼望去，葱郁的山林像是大自然铺开的绿色绒毯，蜿蜒的石径在其间若隐若现，透着一股神秘的吸引力。越往上走，空气越发清新，那是一种带着草木清香的气息，深吸一口，满心都是畅快。

爬到半山腰，我们在一个古朴的亭子里坐下休息。这时，一只金毛犬的出现吸引了众多游客的目光。我穿过人群，这才发现它有些特别。它的左前小腿从膝盖往下缺失了，断肢处的毛发有些杂乱，走路时，它只能依靠三条腿支撑身体，每走一步都显得有些吃力，却又带着一种别样的坚定。它对大家十分友善，既不凶也不叫，在我的目光与它交会的瞬间，它吐着舌头，脸上挂着憨憨的笑容，眼睛亮晶晶的。

我回到石板凳上，它也一蹦一跳地来到我对面两米远的地方，眼神里满是渴求与喜爱。我读懂了它的心思，它想和我玩，要是能有好吃的投喂就更好啦。它乖乖地坐在那儿，安静地等待我的呼唤。

看到它的那一刻，我不禁陷入沉思。怎么会这么巧呢？这只没有左前小腿的金毛犬，就像一面镜子，照出了生活中那些不完美却依然努力绽放的瞬间。

周围游客的议论声不断，有的压低声音窃窃私语，有的嗓门儿大，声音格外刺耳："这么好的一只金毛犬，缺了条腿，这高山它怎么爬上来的呀？"

"这狗要是腿完好，我就抱回家养了，现在这样就算了。"

"它都这样了，是不是以后只能靠别人投喂活着啦？"

这些声音钻进我的耳朵，让我心里很不是滋味。

我屏蔽掉外界的嘈杂，从包里拿出一瓶矿泉水和一块牛肉干，朝着金毛挥了挥手，轻声呼唤道："嘿，小金毛，快到姐姐这儿来，咱们一起吃肉肉！"

我的话音刚落，原本安静地坐在不远处的它，瞬间像被注入了无限活力，耳朵高高竖起，眼睛一下子亮得如同夜空中闪烁的星辰。听到"小金毛"这个亲昵称呼，它全身的毛发都好似因兴奋而微微颤动。

它后腿用力一蹬，以最快的速度欢快地蹦到我身边，全然看不出少了一条腿，那急切的模样，仿佛奔赴的是一场全世界最重要的约会。它的尾巴更是摇得像个失控的拨浪鼓，左右大幅度地甩动，带起呼呼的风声，身体也随着尾巴的摆动扭来扭去，它还时不时用脑袋轻轻蹭蹭我的腿，拼命向我示好。

我喂它吃牛肉干、喝水。一番互动后，它亲昵地依偎在我的腿边，像个找到了家的孩子，尽情地撒娇。我轻轻摸了摸它的头，问道："小金毛，姐姐能和你拍几张照片吗？"

它似乎听懂了我的话，抬起头，眼睛亮晶晶地看着我，还挺了挺身子，像是在说："当然可以啦！"

众人的目光都不由自主地投向我们。我挽起袖子，空荡荡的袖管在风中轻轻晃动，有趣的是，和金毛站在一起，竟有一种奇妙的和谐。我用右手比出胜利的姿势，金毛特别配合，一会儿歪着头，一会儿摇着尾巴，我们一起拍了好多张照片。

狗狗虽然明白自己和别的同类不太一样，但这丝毫不影响它渴望和人类成为好朋友。妈妈说，我和这只狗狗有缘，在茫茫人海中，它一眼就选中了我，那么喜欢我、信任我、依赖我。

后半程的上山路上，小金毛总是活力满满地跑在前面，像是在为我带路。它用三条腿稳健地交替迈进，即便每一步都需要付出更多的努力，可它的步伐依旧轻快，时不时还回过头来，看看我有没有跟上，嘴里发出“呜呜”的轻叫声，仿佛在说：“姐姐，快跟上，前面的风景可美啦！”

我望着它那奋力前行的背影，心里满是心疼。想到它缺失的左前小腿，它的每一步都像是踩在我的心上。担心它的腿承受不住这样的劳累，我赶忙加快脚步追上去，蹲下身子，轻轻拍了拍它的头，抚摸它的毛发，轻声道：“宝贝，你已经很棒啦，回去吧，可别累坏了自己，谢谢你哦。”

它像是真的听懂了我的话，原本欢快的尾巴慢慢垂了下来，眼神中满是不舍。它就那样静静地站在原地，眼巴巴地望着我，喉咙里发出几声低低的呜咽，似乎在和我表达着它的不情愿。

过了好一会儿，它才缓缓转过身，一步三回头，迈着沉重的步伐慢慢离开。看着它离去的背影，我的心里空落落的，可这份特别的相遇，却在我心中留下了难以磨灭的印记。

终于爬到山顶，极目远眺，广阔的视野让人豁然开朗。连绵的山峦在云雾中若隐若现，山谷间的村落错落有致，田野像是被大自然精心绘制的画卷。微风轻轻拂过脸颊，带来丝丝凉意，那一刻，我心中所有的疲惫与烦恼都被这轻柔的风带走了。

但回想起来，自己一路期待的山顶风景，竟比不上这次旅途中与小金毛的相遇。很多时候，幻想光亮是没有用的，唯一的出路是认识阴影。我不过是这山水间的匆匆过客，或许以后再也不会与它相见，但我们的合影，却成了我生命中的珍贵记忆，它教会我勇敢面对自己的不完美，真诚地对待生活，坦然接受一切。

自那次与金毛犬相遇后，我开始重新审视生活，逐渐明白，人生除了忙碌的工作，还有丰富多彩的日常，这些构成了完整的生命体验，让人的胸怀和思想变得更加开阔。如今，家中三个经过改造的大鸟笼里，住着一群活泼可爱的小鹦鹉，为我的生活带来无尽色彩。

在这群小鹦鹉里，笼中的“老大”格外引人注目，它原名圆圆。听爸爸讲，当初去宠物店挑选时，老板满脸无奈，一边介绍这个品种聪慧过人、能说会道，一边抱怨它在店里待了半年，却始终沉默寡言。爸爸抱着试试看的心态，拿着一颗小瓜子试探，嘿，小家伙竟主动凑过来啄食，还乖乖地任由爸爸抱在手心。老板见我们对这只特别的鹦鹉感兴趣，便爽快给了优惠，想必是被这不爱吭声的小家伙折腾得够呛。谁能想到，回家没两天，我就发现这小家伙其实是深藏不露。它不仅能脆生生地喊出“你好”“恭喜发财”，还能兴致勃勃地模仿小狗汪汪叫、小猫喵喵叫，甚至连小鱼吐泡泡那细微的咕噜咕噜声都学得惟妙惟肖。

有一回，宠物店老板给爸爸发微信：“大哥，如果鹦鹉不理你，就喊它名字圆圆，它爱吃苹果，适当给点小苹果块当奖励。”爸爸回复：“它现在管我叫爸爸，我给它改名叫小灰辉了。”小灰辉，寓意着即便身披灰色羽毛，也要绽放与众不同的光辉，简单来说，就是低调奢华有内涵。

没过一星期，小灰辉就奶声奶气地喊起了“超凡姐姐”。如今，它更是厉害，一口气能说出二十多个成语，像“紫气东来”“金榜题名”“吉祥如意”，还能把这些成语和“超凡姐姐”巧妙组合。每次说完，它还不忘用小爪子比个爱心，奶声奶气地补上一句“比心哦”，那萌态，任谁看了都会被它俘虏。

在教小灰辉说话的日子里，我常常被它的执着打动。我发现它总是独自练习，一遍又一遍，从不知疲倦。说错了，它没有丝毫犹豫，马上重来。哪怕一个四字成语它只能艰难地憋出一个字，它也毫无畏惧，扯着嗓子大胆地说。看着小灰辉努力的模样，我不禁反思自己。我们人总自诩比动物聪慧，可在面对挑战时，却常常因顾及面子、害怕失败而畏缩不前。一个小小的它，都能为了学说话不在乎说错时的“尴尬”，而我们却会因为旁人的目光、可能出现的嘲笑，错过许多成长的机会。小灰辉用行动给我上了一课，让我明白勇敢尝试远比所谓的面子重要得多。

在小灰辉之后，家里又添了新成员，老二、老三、老四，它们是三只俏皮可爱的玄凤鹦鹉。这些小家伙除了那身斑斓绚丽的羽毛，最引人注目的，当数它们额头上那俏皮的翘毛和脸蛋上的“小腮红”。它们的特长是唱歌，每天清晨，阳光刚洒进窗户，它们就一展歌喉，此起彼伏的啼鸣声，充满生机与活力，为新的一天拉开充满活力的序幕，即便曲调不成章法，也让人心生欢喜。

随着日子一天天过去，鹦鹉家族又迎来了新生命的诞生。一只可爱的小玄凤破壳而出，它就是如今每天神气地站在我肩膀上，陪我一同创作这本书的“小金凤”。起初，它还是一只光秃秃、连毛都没长齐的幼鸟，柔弱得让人心疼。我一点点用小勺喂

◎ 与“小金凤”一同创作本书

◎ 生活的甜度由自己定义

它特制的米糊，就像呵护世间最珍贵的宝贝。日子一天天过去，我亲眼看着它绒毛逐渐丰满，从颤颤巍巍地迈出第一步，到挥动翅膀在房间里自由飞翔，再到亲昵地落在我肩膀上，用脑袋蹭我的脸颊。这一点一滴的成长变化，让我第一次如此直观且深刻地感受到了生命的神奇与坚韧。

在征得爸爸妈妈同意后，我接管了爷爷生前养的所有小动物，四只毛茸茸的小太阳鹦鹉和一只不知品种的蓝色小鸟。一时间，家里又多了两个大鸟笼子。每天，伴随着小鸟们叽叽喳喳的欢快叫声，仿佛所有美好的祝福都汇聚在一起，引领我开启人生的新一段旅程。

然而，生活并非总是这般充满萌趣与温馨。在忙碌奔波的日子里，我们时常被各种压力裹挟，项目截止日期的紧迫、通勤路上的拥挤、生活琐事的纷扰，时常会让我们感到疲惫不堪。但别忘了，生活就像奶茶，几分糖由自己说了算！

当你被压力追得无处可逃，不妨按下生活的暂停键，背上背包，给自己安排一场说走就走的旅行。去爬爬山，一步一步丈量脚下的土地，登上山顶，俯瞰那壮阔的景色。你会发现，生活的烦恼在大自然的怀抱里，变得不值一提。要是觉得爬山太累，那就坐上车，去想去的地方，看窗外的风景如幻灯片般放映，感受不同城市的烟火气。

倘若时间有限，无法来一场长途旅行，那就走出家门，去寻觅一家热气腾腾的火锅店，看锅中的食材在翻滚的汤汁里上下起伏，左面来一份浓郁醇厚的麻酱蘸料，右边放一份海鲜汁，想吃哪个就蘸哪个，主打一个“随心所欲”，让快乐在味蕾间蔓延。

回到家中，养几盆花花草草。每日浇水施肥，在简单的劳作中，时间会渐渐慢下来。养几只心爱的小动物也是很好的选择，猫咪的慵懒、狗狗的热情，能治愈所有坏情绪。它们才不在乎你收入多少、地位如何，只盼着你早点回家，给它们一个温暖的拥抱。

生活恰似雨天掌心的那杯奶茶，糖分多少，喜乐随心。生活的真谛，从不取决于外界所赋予的标签符号，而在于我们以赤诚之心，细细调制这杯专属“人生奶茶”的漫漫历程。纵使生活有时会裹着苦涩，可只要心底那团热爱的火焰未曾熄灭，我们便有能力为它添上一抹足以驱散阴霾的温暖甜意。

亲爱的读者朋友们，一本书，终会翻至最后一页，落下故事的句点。谢谢你们在字里行间陪我走过了青春，挨过了低谷，遇见了生命的彩虹。然而，我们人生的精彩故事，此刻才刚刚起笔。笑对人生千重浪，岁月处处是春光。

愿我们皆能化身生活的调茶师，带着热忱与期待，精心调和生活中的每一个日子。请相信：我们的高光时刻，永远在下一刻。让那些看似平凡无奇的瞬间，会因这份用心而骤然闪亮。

愿每一位读者朋友，都能遵从本心、无问西东，在自己调制的“人生奶茶”里品出独属于自己的醇厚甘甜，且行且歌，步履所至，一路生花。